中华古典文学选本丛书

李清照诗词选

诸葛忆兵 选注

中华书局

图书在版编目（CIP）数据

李清照诗词选/诸葛忆兵选注. —北京:中华书局,2023.3
（中华古典文学选本丛书）
ISBN 978-7-101-15925-7

Ⅰ.李… Ⅱ.诸… Ⅲ.①宋诗-诗集②宋词-选集 Ⅳ.1222

中国版本图书馆 CIP 数据核字（2022）第 185256 号

书　　名	李清照诗词选	
选　　注	诸葛忆兵	
丛 书 名	中华古典文学选本丛书	
责任编辑	马　燕	
责任印制	陈丽娜	
出版发行	中华书局	
	（北京市丰台区太平桥西里 38 号　100073）	
	http://www.zhbc.com.cn	
	E-mail:zhbc@zhbc.com.cn	
印　　刷	大厂回族自治县彩虹印刷有限公司	
版　　次	2023 年 3 月第 1 版	
	2023 年 3 月第 1 次印刷	
规　　格	开本/880×1230 毫米　1/32	
	印张 5⅛　插页 2　字数 150 千字	
印　　数	1-5000 册	
国际书号	ISBN 978-7-101-15925-7	
定　　价	28.00 元	

导　读

诸葛忆兵

在两宋时期，李清照是独一无二的。她卓然于诸大家之外，自成一体。李清照的创作成就，毫不逊色于任何一位男性词人。

宋代文人对李清照就已经拳拳服膺。王灼说："若本朝妇人，（李清照）当推文采第一。"（《碧鸡漫志》卷二）历代众多心高气傲的文人墨客更是倾倒于她的卓越才华。"男中李后主，女中李易安，极是当行本色。前此太白，故称词家三李。"（王又华《古今词论》引沈去矜词论）将李清照与后主李煜、诗人李白相提并论，推崇至极，无以复加。

宋代出现如此一位杰出的女作家，有一定的必然性。究其实质，这首先与词的文体特征有关。宋词之柔媚婉约的审美特征，就与古代女子的群体性格吻合。唐末五代北宋时期，大量的男性词人代女子"作闺音"，以女性口吻抒情达意，如秦观、晏几道等。但是，这毕竟隔了一层，有隔靴搔痒之遗憾。李清照身为女子，知音识律，用词抒写女性心灵，当然是得心应手。这就决定了歌词这种文体应该产生一位超一流的女作家，李清照于是应运而生。这仅仅是问题的一个方面。宋代又何以只产生李清照这样一位杰出的女性作家呢？这就与李清照独特的家庭出身、生活经历，以及因此形成的个性特征密切相关。

一、李清照的生平

李清照（1084—1151？），自号易安居士。父亲李格非，字文叔，是当时著名的学者，"以文章受知于苏轼"，继黄庭坚、秦观、晁补之、张耒"苏门四学士"之后，与廖正一、李禧、董荣名列"苏门后四学士"，《宋史》为其立传。李清照的母亲王氏，则是仁宗朝重臣状元王拱臣的孙女，同样出身名门，有着极高的文学修养，《宋史·李格非传》称其"亦善文"。父母的家学渊源，为李清照奠定了深厚的文化底蕴。

李清照出生于济南章丘，童年时代随父居住在都城汴京。宋徽宗建中靖国元年（1101），18 岁的李清照与 21 岁的赵明诚结为伉俪。赵明诚是宰相赵挺之之子，以父荫，历任州郡地方官，是著名的金石收藏家。婚后两人之间有相聚的甜蜜，也有别离的思念。

第二年，即徽宗崇宁元年（1102），徽宗受蔡京的蛊惑，决意继承父亲神宗、兄长哲宗的变法遗愿，再度全面推行新法。崇宁者，追崇熙宁之意也。李清照的父亲李格非，被打入"元祐党人"之列，赶出了京师。李清照经历了人生第一次打击。崇宁二年（1103），赵明诚结束太学求学生活，出仕为官。夫妻两人有了经济收入，生活滋润自得。

大观元年（1107）七月，赵挺之去世后，赵明诚被罢免官职。李清照经历了再一次的打击。在蔡京的指使下，朝廷大兴刑狱，因父丧去

官的赵明诚及其兄弟银铛入狱。所幸的是这场暴风疾雨很快就过去
了。赵挺之的三个儿子全被罢免官职,回老家闲居。李清照陪伴着
赵明诚,婚后第一次回山东青州,共同乡居了十年时间。政和元年
(1111)初,赵挺之夫人郭氏奏请朝廷恢复其丈夫被罢落的观文殿大
学士之职,徽宗诏令同意。赵挺之的三个儿子,应该就是在这一年陆
续恢复官职,再度进入官场。大约在政和七年(1117)前后,赵明诚
离家,开始新一轮的仕途奔波。直到宣和三年(1121),转任莱州知
府,才将李清照从青州接出,到任所团聚。依据宋代官员三年一任的
惯例,赵明诚结束莱州任期后,应该是宣和六年(1124)转守淄州(今
属山东淄博)。

　　赵明诚在淄州任所期间,迎来了北宋的动荡乃至灭亡。靖康年
间,金灭北宋,44岁的李清照举家南渡。渡江以后,赵明诚出任建康
知府。但是,不久便因赵明诚弃守建康城而被罢免。此后,赵明诚与
李清照一起乘船经过芜湖,到了安徽当涂南面的姑孰溪,准备定居在
这里。建炎三年(1129)五月,夫妻两人来到池阳(今安徽贵池),赵明
诚接到了朝廷任命他为湖州知府的诏令。上任之前,依照惯例,赵明
诚应该到建康面见皇帝。途中,赵明诚感染了疟疾,遂一病不起,很快
病逝。

　　其后,李清照因金兵的南侵,生活颠沛流离。绍兴二年(1132)正
月,南方局势稍稍稳定,朝廷回到临安,李清照也从越州迁居到临安。
随着局势的好转,李清照的心情也稍稍开朗一些,多病的身躯也逐渐

得以恢复。正当李清照心绪逐渐好转之时,一位异性闯入她的生活。大约在绍兴二年(1132)五六月之间,李清照改嫁给了张汝舟。婚后,李清照很快认识到张汝舟市井小人的真实嘴脸,仅百日即离异。李清照晚年非常孤独,她的敢作敢为和第二次婚姻的错误选择,导致她晚年处境尴尬,也被当时的社交圈子拒绝,更被上流社会摒弃。绍兴四年(1134)九月,伪齐刘豫怂恿金人再次出兵南侵,分二路进攻。听到金兵入侵的消息,民间一度陷入惊慌失措。刚刚摆脱病魔折磨的李清照,匆忙雇船溯流而上,经过浙江富阳严子陵滩,最后来到金华,借住在一位姓陈的朋友家里。大约绍兴五年(1135)五月以后,李清照才返回临安。余下的二十年左右的时光,李清照都是在临安度过的。

李清照晚年非常凄苦,家国的重重灾难压迫着她,使她永远无法抖落心灵的重负,重新找回昔日的笑容。而且在奔波逃难中,她和赵明成辛勤收集的金石文物损失殆尽。李清照在孤苦无依的生活中结束了作为词人的一生。

二、李清照的个性及其成因

中国古代女性与男性相比,更多地受到封建礼教的束缚,她们没有读万卷书的必要,没有行万里路的机会,只能静守闺中,老死牖下。"妇人专以柔顺为德,不以强辨为美也。"(司马光《家范》卷八)相比之下,古代女子更缺乏个性特征。所以,尽管中国古代不乏女性作家,却只有李清照能够卓立于众女性作家之上。李清照是一位个性鲜明、超越尘俗的女性，是一位别开生面的独创性作家。李清照能够在中国历史上留下光辉的篇章，这与她始终真率地面对自己的生活，保持爽直、自由、不羁的个性密切相关。

　　首先李清照有着良好的早期教育和宽松自由的家庭环境。李清照自幼便生活在一个书香气氛十分浓厚的家庭里，耳濡目染，良好的家庭教育，为她后来的文学创作打下坚实的基础。少女时代的李清照便显露出与众不同的艺术才华。她精通音乐，而且还擅长书法、绘画，她的艺术作品，明清之际还较多地见诸记载。当然，李清照最为擅长的还是文学创作，《碧鸡漫志》卷二称她"自少年便有诗名，才力华赡，逼近前辈。在士大夫中已不多得。"才华横溢的李清照，在少女时代便显示出与众不同的文学天赋，也在这一阶段逐步形成了卓尔不群的个性。

　　历代士大夫家庭不乏聪慧的才女，却很少能像李清照那样脱颖而出。这里更关键的原因是李清照的家庭环境宽松开明，身心都能得到相对自由的发展，率真的心灵较少被扭曲。这应该与其父李格非的学术渊源有关。李格非为"苏门后四学士"之一，其仕途沉浮与苏轼休戚相关，流传至今的《洛阳名园记》，颇有纵横家的议论气概，与苏轼文风一脉相传。苏轼崇尚真情与个性，鄙视程颐等理学家所倡导的"灭私欲则天理明"等违背人之本性的伦理规范，尤其反对将人的本性与欲望割裂，他说："人生而莫不有饥寒之患、牝牡之欲，今告乎人曰：饥而食,渴而饮,男女之欲,不出于人之性也,可乎?"[1] 苏轼的主张,顺应人的自然真性,这样能使人格得到比较健全的发展。因此,苏门师生的文学创作,较多地流露出真情本性,少有现实或世俗的顾忌。道貌岸然的理学家们对此深恶痛绝,苏轼的政敌也多以此为口实,攻击苏门师友。例如,元祐三年(1088),后来成为李清照公公的赵挺之攻击黄庭坚"恣行淫秽,无所顾惮"(《续资治通鉴长编》卷四百十一);元祐六年(1091),杨康国攻击苏辙"所为美丽浮侈,艳歌小词",苏轼尤过之(《续资治通鉴长编》卷四百五十五)。这与南宋人士对李清照创作的指责,如出一辙。李格非置身于苏门之中,思想意识与行为方式深受影响。表现在子女教育上,李格非并不轻视或束缚女性,而是任随李清照自由发展。

李清照有《如梦令》词,描述自己少女时代的生活,词云:

> 常记溪亭日暮,沉醉不知归路。兴尽晚回舟,误入藕花深处。争渡,争渡,惊起一滩鸥鹭。

词写自己由于醉酒贪玩而高兴忘归,最后误入"藕花深处"。不期而来的划船赶路少女,把已经栖息的"一滩鸥鹭"吓得四下飞起。作者的笔调极其轻松、欢快、活跃,语言朴素、自然、流畅。令人诧异的是,一位大家闺秀,居然可以外出尽兴游玩到天色昏黑,而且喝得酩酊

---

1 《苏轼文集》卷四《扬雄论》,中华书局 1986 年版。

大醉,以致"不知归路","误入藕花深处"。迷路之后,没有迷途的惊慌,没有担心父母责怪的惧怕,反而又兴致勃勃地发现了"鸥鹭"惊起后的另一幅色彩鲜明、生机盎然的画面,欢乐的气氛洋溢始终。这样无拘无束的生活对少女李清照来说显然并不陌生,应该是父母许可的。否则,只要一次严厉的责骂,美好的经历就可能化作痛苦的记忆。这首词显示出少女李清照的任性、真率、大胆和对自然风光的喜爱,这样的个性与宽松的家庭环境密切相关。

与李清照同时代的袁采记载说:"司马温公(光)居家杂仪,令仆子非有紧急修葺,不得入中门。妇女婢妾无故不得出中门,只令铃下小童通传内外。"(《袁氏世范》卷下)如果李格非也像司马光一样,甚至像《牡丹亭》中陈腐不通的杜宝那样,不允许女儿到自家花园游玩,李清照当然就没有上述的机会和情趣了。即使当今社会,许多父母对未成年儿女的管束,也要比李格非严厉得多。遥想一千多年前,古人对子女有如此通达开明的态度,真是令人钦佩。成年之后的李清照始终不肯"随人作计"的独立性格,对爱情的大胆率真追求与表达,就根植于早年这样的家庭环境与教育。

李清照第一次结婚时只有 18 岁,性格不能说是完全成熟了。婚姻,对于任何时代的女子来说,都是生活环境的巨大改变,是人生旅程的一大转折。她们不得不结束有父母可以依傍、可以撒娇的天真烂漫的少女生活,承担起一定的家庭义务与责任,要以新的角色去面对陌生的公婆与丈夫。这种巨大的转变,对一位稚嫩的少女来说,意味着在重重的束缚之外,又增加一条"夫权"的锁链,许多家庭因此埋下悲剧的祸根。这在古代社会是司空见惯的。婚姻状况,对女子个性的最后成型,影响至深。古代青年男女的婚姻,全凭"父母之命,媒妁之言",一对彼此陌生的男女骤然成立一个新的家庭,相互之间在兴趣、性格、爱好、文化修养等诸多方面经常存在着巨大反差,夫妻之间很少有恩爱可言。古代女子更多的是"所嫁非偶",在日复一日的煎熬中,许多女子被渐渐消磨去才气与个性,憔悴枯萎,在凄凉无告中默默离去。因此,能像李清照这样,有自己称心的丈夫,确实是幸运的。

李清照与赵明诚都具有率真的个性以及对美好事物执着追求的纯情。他们的婚姻,虽然是"父母之命,媒妁之言"的模式,但是,两人在婚前有了一定程度的互相了解,这为他们的婚姻奠定了良好的感情基础,非常难能可贵。

李、赵二人情趣相投,他们节衣缩食,共同收集金石古玩,校勘题签,以读书为娱乐。夫妻诗词唱和,堪称神仙眷侣。崇宁初,李格非被打入"元祐党籍",政治上遭受迫害,赵挺之则附和蔡京新党,成为朝廷新贵。在这一场政治风波中,李清照与赵明诚共同站在"元祐党人"的一边。李清照向赵挺之进言说:"炙手可热心可寒""何况人间父子情"。赵明诚政治态度同样明朗。陈师道《与鲁直书》说:"正夫有幼子明诚,颇好文义。每遇苏、黄诗,虽半简数字必录藏,以此失好于父。"(《后山居士集》卷十四)李清照作于晚年的《金石录后序》,以大量的篇幅回忆与赵明诚情投意合的恩爱生活,夫妻深情,款款流露。

相对美满的婚姻生活,为李清照的个性发展提供了又一种良好的氛围。李清照对生活更加充满信心,其自主、自强、自信的性格最后定型。终其一生,这种性格品质没有改变。

三、自强自信个性的表现

虽然李清照的成长历程相对幸运,但她仍然无法摆脱社会带来的无形压力。不过,李清照始终以强烈的自信进行不屈的抗争。她的《渔家傲》最能说明这种个性特征,词云:

> 天接云涛连晓雾,星河欲转千帆舞。仿佛梦魂归帝所,闻天语,殷勤问我归何处?　　我报路长嗟日暮,学诗谩有惊人句。九万里风鹏正举。风休住,蓬舟吹取三山去。

李清照通过描写梦游太虚、谒见天帝来抒写现实中的内心苦闷,并表露出强烈的自我追求。今夜的梦境是奇特的,在恍惚之中,词人已经置身于天上银河如此一个虚无飘缈的神话世界里。词人的梦魂似乎就是乘此“星帆”进入天帝的居所,受到天帝的热情接待。天帝的殷勤问语,表明词人是天上“谪仙”似的人物,是天之骄子。事实上,这还是李清照自信、自强个性的流露。“学诗谩有惊人句”,孤独寂寞感油然而生。倔强的李清照并不甘心在这种寂苦中沉默,而是依恃天帝的鼓励,如鲲鹏展翅,欲乘风高飞远举,奔向理想中的“三山”仙境。

李清照这种自强、自信的个性，与"女子无才便是德"的封建规范相违背，那么她与周围社会的碰撞、冲突也就不可避免，在现实生活中表现为种种叛逆的方式。简单梳理，大约有以下五个方面：

第一，李清照敢于作诗讥刺公公赵挺之，以下犯上。崇宁元年定"元祐党籍"，赵挺之时官尚书左丞，乃当朝新贵。李清照化用杜甫《丽人行》"炙手可热势绝伦，慎莫近前丞相嗔"，以杨国忠比拟赵挺之。杨国忠是历史上遭人唾弃的祸国奸臣，应该为"安史之乱"负相当的责任。李清照完全无视上下尊卑的家庭等级观念，其大义灭亲的勇气，令人瞠目。袁采《袁氏世范》卷上说："有小姑者，独不为舅姑所喜，此固舅姑之爱偏。然为儿妇者，要当一意承顺，则尊长久而自悟。或父或舅姑终于不察，则子为妇，无可奈何，加敬之外，任之而已。"李清照所为与之公然相悖。

第二，李清照始终关心国事，不愿默守闺中。南渡以后，面对沦陷的北方家乡，李清照更是难以抑制内心的忧愤。她以沉痛悲愤的心情写下了"南来尚觉吴江冷，北狩应知易水寒"的诗句。对小朝廷君臣的软弱恐惧、屈辱退让，李清照愤恨满腔，她讥讽说："南渡衣冠欠王导，北来消息少刘琨。"同时，她又以历史英雄人物鼓舞时人斗志，《乌江》一诗写道："生当作人杰，死亦为鬼雄。至今思项羽，不肯过江东。"朱熹评价道："如此等语，岂女子所能？"（《朱子语类》卷一百四十）

第三，李清照在《词论》中敢于批评当时名流。宋代重文轻武，许多著名文人兼为朝廷重臣，誉满国中，如晏殊、欧阳修、苏轼等。李清照以"知音"的身份,冷静分析词坛名家的创作,一一指出他们的疵病之所在,笔锋涉及苏轼、秦观、黄庭坚、王安石等 16 位词人,其中许多是父执长辈。

第四,李清照晚年的再嫁与离异。李清照在绍兴二年(1132)夏再嫁张汝舟,婚后便发现"以桑榆之晚节,配兹驵侩之下才"[1] 的错误,毅然讼张汝舟妄增举数入官[2],与之离异。李清照再嫁至离异,为时不过百日。这在当时人看来,确实惊世骇俗,这种行为方式,恰恰与李清照的个性相一致。

第五,文学创作独辟蹊径,敢于流露真感情,将内心世界坦陈在作品之中,自成一家。李清照率真地描写自己少女时期欢快的生活和对爱情的朦胧向往,尤其是婚后毫不遮掩地将对丈夫的爱恋、思念之情倾诉于笔端,招致"自古搢绅之家能文妇女,未见如此无顾藉也"(《碧鸡漫志》卷二)的斥责。无论是对李清照持推崇或贬斥态度的评论家,都异口同声地肯定李清照词"往往出人意表"(宋或《萍洲可谈》卷中),"创意出奇如此"(罗大经《鹤林玉露》卷十二),"独辟门径"(陈廷焯《白雨斋词话》卷二)等等。李清照的文学创作之所以如此成功,相当程度上得力于她"无顾藉"的个性。如果李清照稍稍堕入"温良恭俭让"的魔道,文学史上必将少一位光彩耀人的女作家。

1　李清照《投翰林学士綦崈礼启》,《李清照集校注》卷三,人民文学出版社 1979 年版。
2　李心传《建炎以来系年要录》卷五十八。

四、李清照的"丈夫气"与饮酒

李清照生性倔强,晚年遭受了那么多的磨难与挫折,居然雄心不灭,依然跃跃欲试。这在她一系列关切国事的诗篇里,在她津津乐道的"打马"游戏中,都有淋漓尽致的表现。深究一层,当时社会认可的是男性理想追求的模式,李清照不甘被束缚在闺房之中,极力想有所作为,就自然会向男性标准靠拢。沈曾植《菌阁琐谈》评价李清照的词就说:"易安倜傥有丈夫气,乃闺阁中之苏、辛,非秦、柳也。"这从《渔家傲》之类的气势豪迈、雄浑悲慨的游仙词中可以看出。

李清照词所表现的"丈夫气",仅举其所叙述到的"饮酒"行为为例。从李清照流传下来的作品来看,李清照是善饮的。她时常召唤"酒朋诗侣",诗酒相伴,赏花饮酒。少女欢快游乐时要饮酒"沉醉",春去秋来被离别相思纠缠时要"东篱把酒",流落异乡思念故国时更要举杯痛饮。她有花前"小酌",温文尔雅饮酒,从容欣赏景物的时候;也有寻求易醉难醒的"扶头酒"畅饮,莫辞醉酒,一醉方休的时候。在她的词中出现与"饮酒"相关的词语有:小酌、醉、金尊、绿蚁、沉醉、残酒、杯深、病酒、酒盏、酒意、酒阑、尊前、把酒、玉尊、酒醒、扶头酒、酒朋诗侣、杯盘、酒美、淡酒、醉后、绮筵等等。在现存的李清照四十多首作品中,有22首词与饮酒有关。也就是说,李清照留存到今天的词作中,有一半与饮酒相关。

李清照的饮酒行为,非常明显是对男性的模仿,是向男性社会靠拢的一种表现,因而也显示出她的"丈夫气"。与宋代其他女词人比较,李清照不仅饮酒的次数多,而且饮酒的方式也更为豪放,在所有与"饮酒"相关的词语中,"醉"字一共出现了十次,如"沉醉不知归路"(《如梦令》)、"夜来沉醉卸妆迟"(《诉衷情》)、"共赏金尊沉绿蚁,莫辞醉"(《渔家傲》)等。李清照的酒量与饮酒方式,与宋代男子没有丝毫区别。不知是实际情况就是这样,还是有意识的文学夸张。无论是哪一种情况,都是李清照向男性行为标准看齐的结果。

宋代其他女词人,词中涉及饮酒的次数要远远少于李清照。如朱淑真存词 26 首,写饮酒的只有 7 首,近 27% 的作品与饮酒相关;魏夫人存词 13 首,写饮酒的只有 2 首,约 15% 的作品与饮酒相关;张玉娘存词 16 首,写饮酒的只有 4 首,25% 的作品与饮酒相关[1];朱淑真、魏夫人、张玉娘以外的女词人共 84 位,存词 108 首,写饮酒的只有 30 首,

---

1 张玉娘,字若琼,自号一贞居士,松阳(今浙江遂昌东南)人。约生活在宋末元初。与中表沈佺订婚,后父母悔婚,沈佺郁病而死,玉娘不久也忧郁死去,死时只有二十八岁。家人因此将她与沈佺合葬。据说张玉娘死后一个多月,她的侍女霜娥病死,紫娥自经而死,连她的鹦鹉也悲鸣死去,于是,家人将她们统统合葬在一起,称"鸳鸯冢"。有《兰雪集》一卷。唐圭璋先生依据其词集上所署"元松阳女子张玉娘撰",将其作品作为元人词收入《全金元词》。然唐圭璋先生又有论文《宋代女词人张玉娘》(见《词学论丛》,上海古籍出版社 1986 年版。原载于《文艺月刊》第六卷第四期),考定张玉娘乃宋代仕族女子,曾祖父张再兴是孝宗淳熙八年(1181)进士,祖父张继烨,父张懋。沈佺也是徽宗时状元沈晦的后人。《兰雪集》中并未涉及家国之恨,或许张玉娘并未见宋亡。所以,此处也将张玉娘作为宋代女词人统计。

约27%的作品与饮酒相关[1]。她们很少在词里表现自己的酒量,即使是饮酒的方式,也与李清照异趣。宋代女性饮酒,多数时候仅仅是歌妓酒宴应酬或者闺妇节日随俗,如酒宴前歌妓送别男子时的劝酒辞"良辰美景在西楼,敢劝一卮芳酒"(苏琼《西江月》),元宵节赏灯时皇帝的"传宣赐酒饮杯巡"(窃杯女子《鹧鸪天》),上巳节水边游览的"禊饮笙歌"(谭意哥《长相思令》)伴随,等等。饮酒的方式多数时候也是"少饮清欢"(朱淑真《点绛唇》)似的淑贤温良。她们的饮酒是比较女性化的,符合性别角色的设定。

从李清照的气质向男性靠拢这方面,可以加深对其倔强个性之理解。李清照的"丈夫气",是社会文化积淀在她思想和行为模式中的下意识表现。

李清照的作品,散佚零落,现存的词将近五十阕,其中还有部分存疑之作;现存的诗十几首,其中部分只剩残句片断。李清照的作品,没有一个较好较早的集子流传,都是明清以来学人从历代选本和笔记中纂辑而成。因此,在作品的先后排列上,多种版本也没有一定之规。本书选录词46首,诗12首,附录李清照的《词论》一篇。我对李清照有过一些研究,所著的《李清照与赵明诚》一书已由中华书局出版。在这本书中,我对李清照的生平及其作品系年,提出了自己的某些看法。所以,这本诗词选,我就根据自己的看法,对选录的作品先后次序

---

1 这是根据唐圭璋先生《全宋词》所作的统计,女鬼、女仙词或为男性代作,未统计在内。

加以排列,也算提供一家之言。部分存疑词,后人基本只是依据"词意肤浅""词意愦薄""词意浅薄"等理由否定李清照的著作权。这样的理由,其实是非常难以成立的。与李清照同时代的王灼,就斥责李清照说:"闾巷荒淫之语,肆意落笔。自古缙绅之家能文妇女,未见如此无顾藉也。"(《碧鸡漫志》卷二)王灼的偏见且不去理睬,情感表达的真率大胆本来就是李清照词的一大特色。因此,根据这样的理由无法否定李清照的著作权。

总而言之,文体的适应与个性的突出,过人的艺术天赋与一生执着的追求,诸多因素的结合造就了宋代一位卓越的女性作家。李清照之前与之后,有多少才华横溢的女子,都在封建礼教的扼杀之下,被默默吞噬。只有倔强自信的李清照留芳青史,她是幸运的!

目
录

词选

诗选

附录

词　选

如梦令

常记溪亭日暮，沉醉不知归路。兴尽晚回舟，误入藕花深处。争渡，争渡，惊起一滩鸥鹭。

这首词记载了李清照自由自在的闺中少女生活。词写自己由于醉酒贪玩而高兴忘归，最后误入"藕花深处"。偶然闯入的划船少女，把已经栖息下来的"一滩鸥鹭"吓得四下飞起。热爱生活、陶醉于自然景色的李清照，竟然又意想不到地发现了一幅生机勃勃、趣味盎然的画面。一天尽兴游玩之余，新的游兴再度被引发。李清照的少女时代就是如此贪玩快乐，如此自由幸福。

小词的笔调极其轻松、欢快、活跃，语言朴素、自然、流畅。令人诧异的是一位大家闺秀，居然可以外出游玩到天色昏黑，甚至喝得酩酊大醉，以致"不知归路"，"误入藕花深处"。李清照父母给予子女的环境真的是很宽松呀。

怨王孙

湖上风来波浩渺[1]，秋已暮、红稀香少[2]。水光山色与人亲，说不尽、无穷好。　莲子已成荷叶老，清露洗、苹花汀草[3]。眠沙鸥鹭不回头，似也恨、人归早。

古代文人墨客向来有"悲秋"的传统，只有极个别心胸开阔的诗人才能跳出"悲秋"的传统，欣赏秋天的美景。李清照作为女子世界中的豪俊，其豁达的胸襟、爽朗的个性、开阔的视野，毫不逊色于前辈优秀诗人。面对"红稀香少"的暮秋季节，词人不是惋惜感伤，而是兴趣盎然地与"水光山色"相亲，品尝大自然"无穷"的美妙。这里，湖水浩渺，波光粼粼，清澈的绿波与岸边的"苹花汀草"掩映生辉。整个画面色调清新秀丽，景物疏落有致。少女的欢欣，使得"莲子已成荷叶老"的深秋湖面也透露出勃勃生机。词人转折一层表达，写"眠沙鸥鹭"对早早归去游人的埋怨，以表述自己对"水光山色"的无限依恋之情。

1　浩渺：开阔无边，漫无边际。

2　红稀香少：红花凋零，香味淡薄。

3　苹花汀草：苹，多年生的水草。汀（tīng），水中陆地。

浣溪沙

　　小院闲窗春色深，重帘未卷影沉沉[1]。倚楼无语理瑶琴[2]。　　远岫出云催薄暮[3]，细风吹雨弄轻阴[4]。梨花欲谢恐难禁。

　　词以极其含蓄蕴藉的笔法，写伤春怀远情怀。独处小院，独对闲窗，春色深深，词人领略了一份不可捉摸的寂寞孤单。"重帘未卷"，是词人没有心思、没有情绪的结果。而重帘遮挡之后，闺中光线越发昏暗，词人的寂寞又更深了一层。这样无言的寂苦，只好通过"理瑶琴"来排遣，少女的思绪也随着悠悠扬扬的琴声飘向远方。词人倚楼之际，还看见室外薄暮时分缕缕缠绕于远山的云絮，微风吹拂下的蒙蒙细雨。敏感的少女立即联想到：春色已深，春光将逝，在这风雨之中，梨花恐怕要纷纷飘谢了。有了这一缕缕说不清楚的愁绪纠缠，少女李清照显示出安闲宁静的一面。全词寓情于景，轻柔委婉，清新流丽。

1　沉沉：指闺房深闭，光线幽暗，影子浓重。

2　理：弹奏。瑶琴：琴的美称。

3　远岫出云：语本陶渊明《归去来兮辞》："云无心以出岫，鸟倦飞而知还。"远岫（xiù）：远处的峰峦。薄暮：黄昏，傍晚。
这句意思是远处峰峦云雾蒸腾，天色越发暗淡，似乎在催促着
黄昏的到来。

4　细风：微风。轻阴：略微有些阴天。

浣溪沙

淡荡春光寒食天[1]，玉炉沉水袅残烟[2]。梦回山枕隐花钿[3]。　　海燕未来人斗草[4]，江梅已过柳生绵[5]。黄昏疏雨湿秋千。

词写寒食节闺中生活的一个片段。寒食清明，春光融和，春风和煦。江梅虽已凋残，杨柳又是依依，景色秀丽宜人。然而，一丝拂之不去的愁绪萦绕于词人的心头。从清晨玉炉沉香的袅袅残烟里，从依恋"山枕"而久久回味的昨夜梦境中，淡淡愁思隐约可见。有什么事情能令性情活泼欢快的李清照发愁呢？大约是少女朦胧的思春情怀了。昨夜梦境恐怕也与此有关。词人不明明白白地将愁绪的具体所指道破，只是通过黄昏时刻、疏雨稀落、打湿秋千如此一幅迷蒙的画面，将深藏心底的愁绪略略说出。待字闺中、到了嫁娶年龄的李清照，由于这一份少女的思春情怀，少了一些小时候的雀跃，而显得娴静成熟。

1　淡荡春光：春光融和，春风和煦。寒食：节令名。后代以清明节前一二日为寒食节。

2　玉炉：玉制的香炉。也可作香炉的美称，指精致的香炉。

沉水：沉香，香料名。袅：缭绕上升。

3　山枕：古代的枕头中间凹形，两端突出似山，故称山枕。隐：倚。花钿（diàn）：一种嵌金花的首饰。

4　海燕：秋后燕南去，人们以为燕子去往海上，故称海燕。斗草：古代的一种女子游戏。古代妇女常用各种野草作比赛游戏，以赌输赢。其比赛的一种方式据说是以采摘野草的种类多寡定胜负。

5　江梅：范成大《范村梅谱》认为，江梅是一种遗核野生、未经栽接的梅花。其实，宋人多用"江梅"泛指梅花。绵：柳絮。

浣溪沙

绣面芙蓉一笑开[1]，斜飞宝鸭衬香腮[2]。眼波才动被人猜[3]。　　一面风情深有韵[4]，半笺娇恨寄幽怀[5]。月移花影约重来[6]。

词写一位获得爱情滋润因而显得熠熠生辉、艳丽照人的青春少女幽会前后的情感体验。上片写幽会前少女的动人情态：面如芙蓉，清丽秀美，掩饰不住的内心喜悦化作满脸灿烂的笑容。尤其是托腮默默回味爱情的甜美时的那秋波一转，更是将心底的秘密暴露无遗。下片写幽会回来之后的情思。满脸的"风情"韵致，说明这位少女还沉浸在幽会的甜蜜之中。才分手不久，就对意中人思念不已，分别的愁恨阵阵涌来。于是，少女将这"娇恨"写入信笺，寄予对方，焦急地约在"月移花影"的朦胧美好夜晚再度相见。

1　绣面：喻女子面容姣好，如锦绣一般。芙蓉：荷花，喻女子清新秀丽之美貌。

2　宝鸭：疑指鸭形头钗，一种首饰。香腮：女子芳香秀丽的面颊。

3　眼波：如秋波一样多情的目光。

4 一面:满面,整个脸部。风情:男女相恋之情。韵:标致,
漂亮。

5 笺:信纸,代指书信。幽怀:深藏不露的情怀。

6 月移花影:指男女幽会的时间,即月斜之时。

如梦令

昨夜雨疏风骤[1]，浓睡不消残酒[2]。试问卷帘人[3]，却道海棠依旧。知否？知否？应是绿肥红瘦[4]！

昨夜一场"雨疏风骤"，摧残海棠，催送春天归去，敏感的词人用细腻的心灵去感觉，就能知道肯定是一幅"绿肥红瘦"的狼藉景象。词人以淡淡的愁怀去体察自然景致的细微变化。至于昨夜的饮酒入睡，是否有什么宽慰不了的私人情怀呢？结合下文对春日景色渐渐离去的着急，不难体会出少女对自己虚度闺中光阴的焦虑。"绿肥红瘦"的比拟，令人耳目一新，形象地反映出李清照对春天的留恋之情。词人从"昨夜雨疏风骤"的听觉意识写起，然后转化为视觉形象"绿肥红瘦"，曲折层深。小词用语浅近平白，语意却深沉含蓄，表现了花季少女的朦胧淡约愁思。

1　雨疏风骤：雨点稀落，风势迅猛。疏：稀少。骤：急，迅猛。

2　浓睡：酣睡，睡得香甜酣畅。残酒：残留的醉意。

3　卷帘人：指正在卷帘的侍女。

4　绿肥红瘦：指树上枝叶繁茂，花朵稀疏。绿：绿叶。红：鲜花。肥、瘦：本用来形容人的形态，这里则用来形容春末景象。

点绛唇

蹴罢秋千[1]，起来慵整纤纤手[2]。露浓花瘦[3]，
薄汗轻衣透。　　见客入来，袜划金钗溜[4]。和
羞走，倚门回首，却把青梅嗅[5]。

上片写少女荡秋千尽情嬉戏的场面。在"露浓花瘦"的
暮春季节，温度适宜，着"轻衣"而荡秋千，以致浑身"薄汗"，
玩得酣畅淋漓。下片写外客来访、匆忙躲入闺中这样一个忙
乱的小场面。为了躲避外客，慌张到"袜划金钗溜"。像李清
照这样大胆、真率、任性的少女，竟然如此害羞与紧张，暗示着
来客与她有着不同寻常的关系。临进闺门，李清照寻找借口，
"倚门回首"，峰回路转，佯装"却把青梅嗅"，暗地里端详来客。
原来客人就是她"青梅竹马"的未来夫君。"青梅"的典故是
一种诗意夸张的运用，闺中少女的羞怯、活泼与对未来夫婿的
心仪，尽在这一"回首"中。

1　蹴(cù)：踏。这里指荡秋千。
2　慵整：倦怠地整理。
3　花瘦：指花瓣凋落，枝上花少。
4　袜划(chǎn)：没穿鞋，穿着袜子走路。溜：滑落。
5　青梅：两小无猜、逐渐发展的爱情。

怨王孙

帝里春晚[1]，重门深院，草绿阶前。暮天雁断[2]，楼上远信谁传？恨绵绵[3]。　　多情自是多沾惹[4]，难拚舍[5]。又是寒食也[6]。秋千巷陌，人静皎月初斜，浸梨花[7]。

词写暮春时节闺中独处的寂寞。相思怀人之意，含蓄透露。这一段分别的痛苦，应该是新婚丈夫赵明诚在太学读书、不得回家而带来的。丈夫不在身边，又正是花红衰败、"草绿阶前"的暮春时节，闺中少妇提不起兴趣外出赏春游玩，只是深院重门紧闭，独对空闺，任凭离别的思绪纠缠萦绕于心头。几乎是下意识的，词人重复了登楼眺望的动作。天色已昏黑，连能够为人传达书信的大雁也看不见。即使是将自己一腔的相思情怀写成书信，也无由寄达。词人自知"多情"无法"拚舍"，只得默默忍受。这时，闺房外面的"秋千"无人问津，周围静悄悄的，惟见明月升起，将银辉洒向梨花，也洒向大地。

1　帝里：指京城，即汴京（今河南开封）。
2　暮天：黄昏，傍晚。雁断：大雁不来，暗指书信无由寄达。古代传说鸿雁可以传信，所以人们视鸿雁为信使。

3　绵绵：悠远漫长。

4　沾惹：招引。

5　拚(pàn)舍：抛弃。

6　寒食：节令名。古代以清明节前二日为寒食节。

7　浸梨花：喻月光皎洁，如同雪白的梨花浸透在水中。

蝶恋花

暖雨晴风初破冻，柳眼梅腮[1]，已觉春心动[2]。酒意诗情谁与共？泪融残粉花钿重[3]。　　乍试夹衫金缕缝[4]，山枕斜欹[5]，枕损钗头凤[6]。独抱浓愁无好梦，夜阑犹剪灯花弄[7]。

　　词写春日来临之际独守空闺的愁苦。"春心"一语双关，既指户外的一片春意，也指内心无法抑制的春情。丈夫不在身旁，不由得产生了大好时光无人共赏的孤独寂寞之愁苦，逼出一句"酒意诗情谁与共"的痛苦自问。思念至此，别离愁绪已经化作遏止不住的泪水，浸湿了脸上的妆粉和鬓发，以至于鬓发上的首饰花钿也变得沉甸甸的。词人于是穿上以"金缕"缝制的色彩鲜艳的"夹衫"，期盼丈夫早日归家，能看见自己的美丽。思念落空，夜晚就更加折磨人。词人斜靠在枕头上，无精打采，心意阑珊，独对灯花。剪弄灯花，既是一种无聊的解闷动作，其中也寄托着对重逢的期待。

1　柳眼：柳叶初生时形状似眼，故称"柳眼"。梅腮：指梅花瓣。
2　春心：既指春意，又指春情，一语双关。

3 花钿:一种嵌金花的首饰。

4 夹衫:有面有里的双层衣服。

5 山枕:古代枕头中间凹形,两端突出似山,故称山枕。欹(qī):斜靠。

6 钗头凤:即凤钗,钗头的形状似凤。

7 夜阑:夜深。灯花:灯芯烬结,形状似花。古人常以其为喜事的征兆。

玉楼春

　　红酥肯放琼苞碎[1]，探著南枝开遍未[2]？不知酝藉几多香[3]，但见包藏无限意[4]。　　道人憔悴春窗底[5]，闷损阑干愁不倚[6]。要来小酌便来休[7]，未必明朝风不起。

　　这是一首通过咏红梅写别离相思的词。上片写红梅绽放，如同"红酥琼玉"，美丽而纯洁。虽然"南枝"还没有一一开遍，但是已经为大地点缀了无限的春意。下片转向抒怀。被相思所困的闺中少妇，渐渐显出憔悴之态。时常倚栏眺望的落空，让词人不禁下了决心，不再去倚栏。而上片所写的红梅，也正是倚栏时的所见。可见，词人嘴上说着"闷损阑干愁不倚"，却不由自主地还是去倚栏遥望。结尾化为对丈夫早日归来的急切盼望，盼望他快快回家，能够与自己一起"小酌"，饮酒赏梅。因为时间不待人，过了季节，"明朝风起"，催落红梅，那时真是"无花空折枝"了。

1　红酥：形容红梅初放时的柔腻和色泽。酥：一种乳制品，即酥油。琼苞：如美玉一般的红梅花蕾。琼：美玉。碎：绽放。这句写色泽鲜艳、质地柔腻、如美玉一般的红梅花已经绽放了。

2　探著：寻访，探看。南枝：指梅花。据说大庾岭上的梅花，南枝落，北枝开。后人咏梅诗词都用这个典故。

3　酝藉：原指人的胸襟宽阔。这里是酝酿的意思。

4　包藏：蕴涵，包涵。

5　道人：即"说我"。道，说；人，此处指自己。憔悴：容颜枯瘦。底：里。这句意谓：据说春窗里的我容颜枯瘦。

6　闷损：愁闷坏了。损：非常，极度，指到了极点，用作修饰程度的副词。阑干：即栏杆。

7　小酌：少量饮酒。小：略微，少量。休：罢了，算了。这句意思是本来想要少量饮酒以排遣愁绪，由于没有心情又罢了。

减字木兰花

卖花担上，买得一枝春欲放[1]。泪染轻匀，犹带彤霞晓露痕[2]。　怕郎猜道，奴面不如花面好[3]。云鬓斜簪[4]，徒要教郎比并看[5]。

这首词从民歌中脱胎而出。唐无名氏《菩萨蛮》："牡丹含露真珠颗，美人折向庭前过。含笑问檀郎，花强妾貌强？　檀郎故相恼，须道花枝好。一面发娇嗔，碎挼花打人。"李清照用其意，语言变得相对雅丽。买花是为了赏花，同时也是为了装饰自己。精心化妆，又是为了博得丈夫的赏识。一心想获得丈夫全部爱情的女子是"小心眼"的，她会对周围一切比自己美的事物发生莫名其妙的嫉妒。因此，李清照忽然多出了一个心眼：不知丈夫是否会更赏识这梅花，认为"奴面不如花面好"。争强好胜的词人，特意将梅花"云鬓斜簪"，让丈夫仔细端详。通过对丈夫撒娇的动作，表现出小夫妻之间的亲昵和柔情。

1　一枝春：指梅花。这里指买到一枝即将绽放的梅花。
2　彤霞：红色彩霞。这里喻梅花鲜艳的色泽。这句指刚采摘下来的色泽鲜艳的红梅上还带着露水。

3 奴：古代女子的谦称。

4 簪：插，名词用作动词。原来指女子的一种首饰。

5 徒：只。比并：放在一起比较。

丑奴儿

　　晚来一阵风兼雨，洗尽炎光[1]。理罢笙簧[2]，却对菱花淡淡妆[3]。　　绛绡缕薄冰肌莹[4]，雪腻酥香[5]。笑语檀郎[6]，今夜纱橱枕簟凉[7]。

　　酷热夏季，黄昏一阵"风兼雨"，带来了夜晚的清爽凉快。李清照对夫君而"理笙簧"，演奏结束，汗水使得妆饰略显凌乱。李清照兴致勃勃，仍然不想卸妆入寝，便对着镜子再施"淡淡妆"。妆饰完毕，穿着"绛绡缕薄"的丝织衣裳，冰雪般洁白晶莹的肌肤隐约可见，阵阵"酥香"淡淡传来，赵明诚一定会陶醉其中。女子梳妆打扮之后，总是要好好自我欣赏一番，这大约是古今相通的。而李清照的这一份珍视与自信，就与欣赏她、深爱她的丈夫赵明诚密切相关。所以，她又能够"笑语檀郎，今夜纱橱枕簟凉"。今夜的凉爽，将宜于寝眠入睡，其中暗示着夫妻的欢娱恩爱。

1　炎光：指夏日炎热的光照。

2　笙簧：管乐器名。一般有十七根长短簧管插于铜斗中，其中三根不发音。演奏时手按指孔，利用吹吸气流震动簧片发音。殷周以来一直流行。

3　菱花:镜子。古代铜镜后面往往刻四瓣菱花,故称。

4　绛绡:都是丝织品。

5　雪腻酥香:形容女子的肌肤如皓雪一般洁白细腻,如酥油
一般润泽芳香。

6　檀郎:晋潘安小字檀奴,姿仪秀美,后遂以檀郎指美男子。
经常被女子用来指自己的心上人。

7　纱橱:用木料做橱架,蒙以轻纱,中间安放床位,以避蚊蝇。
簟:竹席。

多　丽

咏白菊

　　小楼寒，夜长帘幕低垂。恨萧萧[1]、无情风雨，夜来揉损琼肌[2]。也不似、贵妃醉脸[3]，也不似、孙寿愁眉[4]。韩令偷香[5]，徐娘傅粉[6]，莫将比拟未新奇[7]。细看取、屈平陶令[8]，风韵正相宜[9]。微风起，清芬酝藉[10]，不减酴醾[11]。　　渐秋阑[12]、雪清玉瘦[13]，向人无限依依[14]。似愁凝、汉皋解佩[15]，似泪洒、纨扇题诗[16]。朗月清风[17]，浓烟暗雨，天教憔悴度芳姿。纵爱惜、不知从此，留得几多时？人情好，何须更忆，泽畔东篱[18]。

　　词咏白菊。秋夜的初寒与"无情风雨"摧残菊花，词人格外挂念。第二天清晨，赶紧去寻访自己所关心的菊花。此时的白菊，传来阵阵幽香，色泽皎洁。到了秋末，白菊也无可挽回地凋谢枯萎了。喜爱菊花的词人因此又发现了白菊"雪清玉瘦"的另外一番品格风貌：她那冰清玉洁的神采，傲霜凌寒的风骨。面对白菊，其枯谢就令词人为之愁苦痛惜，词人依然用典故来表达。无奈的词人只能追问自己："纵爱惜、不知从此,留得几多时?"结尾,词人又从刚才的悲苦意绪中跳了出来,表示眼前欣赏白菊,只要心情好,也就不必追忆、羡慕"采菊东篱下"的陶渊明了。

1 萧萧:象声词,这里形容风雨声。

2 揉损:揉坏了。琼肌:美玉般晶莹丰润的肌肤。这里形容白菊花瓣的色泽。这句指夜来风雨摧残白菊,使其凋谢。

3 贵妃醉脸:指杨贵妃醉酒后脸色的艳红,用来形容花瓣色泽的鲜红秾艳和姿态的富贵妖媚。

4 孙寿愁眉:东汉梁冀的妻子孙寿,容貌艳丽,擅长化妆,这里用来形容花卉妖媚的样子。

5 韩令偷香:据《世说新语·惑溺》载:西晋韩寿,外貌英俊,任贾充掾吏。贾充女儿贾午暗中喜欢韩寿,使婢女通情。韩寿因此时常逾墙与贾午幽会。贾午将皇帝赐其父的外国奇香偷赠韩寿。后贾充闻韩寿身上的异香而生疑,获知事情经过后,便把女儿嫁给韩寿。后人用此典,习惯称韩寿为"韩掾",不称"韩令"。此处疑为李清照用典时偶误。又,东汉荀彧,曾为中书令,人称"荀令",李清照或者是误记。《襄阳记》说:"荀令君过人家,坐处三日香。"这句写白菊的清香。

6 徐娘傅粉:据《南史·梁元帝徐妃传》载:元帝妃徐昭佩与帝亲近暨季江私通,季江曾感慨说:"徐娘虽老,犹尚多情。"然徐娘无傅粉之事,诗文中多用何晏傅粉的典故。据《世说新语·容止》载:何晏面白,"魏明帝疑其傅粉"。这两句应该是"韩掾偷香,何郎傅粉"。不知是李清照误记,还是他人误抄。这句形容白菊色泽的皓洁。

7　莫将:不要拿来。比拟:对比。

8　屈平:屈原,名平。屈原《离骚》说:"朝饮木兰之坠露兮,夕餐秋菊之落英。"诗人以此象征自己的品格之高尚纯洁。陶令:即陶渊明,他曾为彭泽令,故称"陶令"。陶渊明志趣高洁,不愿为五斗米折腰,弃官归隐,喜爱菊花。这句写白菊高尚纯真的品格。

9　风韵:风采韵致。宜:适宜。这句写白菊的风韵与情操高尚的诗人屈原、陶渊明是适宜的。

10　清芬:清新芳香。酝藉:酝酿。

11　酴醿(tú mí):植物名,蔷薇科。初夏花开,色似酴醿酒,故名。

12　秋阑:秋深,秋日将尽。阑:尽。

13　雪清玉瘦:形容白菊像雪一样清纯洁白,像玉一样清瘦滋润。

14　依依:恋恋不舍的样子。

15　汉皋解佩:据《列仙传》载:郑交甫将要到楚地去,路过汉皋台下,遇见二位美女,佩戴着两颗鸡蛋一样大的明珠。郑交甫与她们交谈,并开口乞讨佩珠,二女便解珠送给他。分手数步,二女与佩珠都不见了。这句与下句都是写白菊的愁苦之态。

16　纨扇题诗:班昭于汉成帝时被选入宫。后遭赵飞燕嫉妒,自求去长信宫侍奉太后。其《怨歌行》中以纨扇的被弃喻自己的遭遇。

17　朗月清风:据《世说新语·言语》载刘尹语:"清风朗月,辄思玄度。"

18　泽畔东篱:承上文屈平、陶令而来。《楚辞·渔父》载:"屈原既放,游于江潭,行吟泽畔,颜色憔悴。"陶渊明隐居后有《饮酒》组诗,其五云:"采菊东篱下,悠然见南山。"这句写赏菊的地点。

鹧鸪天

暗淡轻黄体性柔[1]，情疏迹远只香留[2]。何须浅碧深红色，自是花中第一流。　　梅定妒，菊应羞，画阑开处冠中秋[3]。骚人可煞无情思[4]，何事当年不见秋？

词咏桂花。桂花色彩"暗淡轻黄"，桂花姿态柔美，桂花香味久留人间。面对桂花，词人有了一种全新的审美愉悦，桂花不必与群花争艳斗奇，其清奇的品格，自然使它成为"花中第一流"。词人赞赏桂花的美丽、芳香，更注重其"情疏迹远"的孤寂清苦，其中透露出桂花不与尘世合流的清高脱俗品质。从清高脱俗的角度出发，受世人赞美最多的是梅花和菊花。但是，与桂花相比，都要相形失色。可是，桂花向来是受冷落的，连偏爱孤高品格花卉的"骚人"屈原等，也无一字咏及桂花。在李清照看来，那无疑是"骚人无情思"导致的。通过对"骚人"的不满，表现出词人别具一格或超越众人的审美态度。

1　暗淡轻黄：淡雅的暗黄色。性柔：形容桂花生性柔和。
2　情疏迹远：指人们对桂花的情感已经逐渐淡漠，只有依稀的痕迹留下来。

3　画阑：即画栏。冠中秋：为中秋花中之冠。

4　骚人：指屈原。屈原有代表作《离骚》，故称。《离骚》多咏芳草香花，却没有一字言及桂花，故称其"无情思"。陈与义《清平乐·咏桂》说："楚人未识孤妍，《离骚》遗恨千年。"与此同意。可煞：可是。

摊破浣溪沙

揉破黄金万点轻[1]，剪成碧玉叶层层。风度精神如彦辅[2]，大鲜明[3]。　　梅蕊重重何俗甚？丁香千结苦粗生[4]。熏透愁人千里梦，却无情。

———

　　词咏桂花。桂花盛开，金黄万点，轻盈可喜。翠绿的树叶，如层层碧玉，映衬得桂花分外妩媚。这首词所表达的对桂花的喜爱之情与《鹧鸪天》类似，甚至其咏物的手段与方式，也与《鹧鸪天》近似。下片用其他名花映衬桂花：与桂花相比，梅花嫌俗，丁香嫌粗。用名花反衬，更加突出桂花的不同凡响、独标清奇、超脱尘俗。结句落实到桂花浓郁的香气引发梦中人的千里相思之情，因而责怪桂花也有"无情"的一面，则是正话反说，突出桂花香味给人留下的不可磨灭的印象。同时，巧妙地将闺中愁思引入词中。

———

1　黄金：指桂花。桂花开放时颜色金黄。万点轻：桂花开放，满树皆是，花瓣小巧，故称。

2　彦辅：指晋人乐广，字彦辅。《世说新语·品藻》载："刘令言始入洛，见诸名士而叹曰：'王夷甫太鲜明，乐彦辅我所

敬。'"称彦辅"太鲜明",是清照误记。这句喻桂花的清高及
名重。

3 大鲜明:即"太鲜明"。

4 丁香千结:喻愁苦之态。苦:嫌。生:形容词词尾。

瑞鹧鸪

风韵雍容未甚都[1]，尊前甘橘可为奴[2]。谁怜流落江湖上，玉骨冰肌未肯枯[3]。　　谁教并蒂连枝摘，醉后明皇倚太真[4]。居士擘开真有意[5]，要吟风味两家新。

此词所咏之物冰清玉洁。虽然没有名花的艳丽，但其风韵雍容娴雅，别是一种格调。开篇连用两个典故，第二个典故是用来表现所咏之物的高贵和超脱尘俗。此物生长处所虽偏僻荒凉，却不减其清高脱俗。词人将自己今日对所咏之物的端详玩赏，比作当年唐玄宗与杨贵妃的酒后赏花。此物中所蕴涵的意味，只有词人能够品味得透彻。赵万里辑《漱玉词》中，认为这首词上下片分押"虞""真"二部韵，"极似七言绝句，与《瑞鹧鸪》词体不合"。后人据此怀疑这首词是两首绝句误抄在一起。可备一说。

1　风韵雍容未甚都：典出《史记·司马相如列传》："相如之临邛，从车骑，雍容闲雅甚都。"雍容：指从容而有威仪；都：美丽。

2　甘橘可为奴：《三国志·吴书·孙休传》注引《襄阳记》载：

李衡暗中派人在外种甘橘千树，临死时对儿子说："汝母恶吾治家，故穷如是。然吾州里有千头木奴，不责汝衣食。岁上一匹绢，亦可足用耳。"其子告诉母亲，母亲说："此当是种甘橘也。"

3　玉骨冰肌：喻其表里晶莹清冷。

4　醉后明皇倚太真：明皇，唐玄宗；太真，杨贵妃，字太真。这句形容花卉鲜艳芳香。

5　居士：信奉佛教而未出家者称居士。这里是自指，李清照屏居青州后自号易安居士。擘开真有意：洪迈《容斋三笔》卷十六："世传东坡一绝句：'莲子擘开须见意，楸枰著尽更无棋。'"莲子之心称"薏"。古诗中多以"莲""薏"谐音暗指"怜""意"，写对于对方的爱怜思念之情。擘(bò)：分开，剖开。

浣溪沙

　　髻子伤春懒更梳[1]，晚风庭院落梅初。淡云来往月疏疏。　　玉鸭熏炉闲瑞脑[2]，朱樱斗帐掩流苏[3]。通犀还解辟寒无[4]？

　　词写闺中孤寂的日常生活。春来时节，依旧懒得梳妆。词人在春日里怎么会有这样一幅慵懒的神态呢？这样的疑问将人们导向"女为悦己者容"的传统思维定式。日子过得如此平淡乏味，环境无比寂静，落梅在提醒词人时光的流逝。在这个月明云淡的夜里，李清照恐怕又难以安稳入眠了。下片写无眠的长夜。词人罗列了室中、床上的许多精美物品，物品虽然精美，却是没有生命的。悠悠长夜，只能与这些物品做伴，词人是多么孤独冷清啊！结句追问，已经透露出通犀角无用、环境依然寒冷难耐之意，因为这种寒意是从心底透出。

1　髻子：古代妇女的发式。

2　玉鸭熏炉：玉制或白瓷制的鸭形熏香炉。瑞脑：香料名，又名龙脑，即入药的冰片。此香当于隋时传入中国。

3　朱樱斗帐：覆斗形的小帐，帐之四角悬挂红珠，以为装饰。流苏：指帐子边下垂的穗儿，一般用五色羽毛或彩线盘结而成。

4　通犀：犀牛角的一种。辟寒：据《开元天宝遗事》卷上载：
"开元二年冬，交趾国进犀一株，色黄似金。使者请以金盘置
于殿中，温温然有暖气袭人。上问其故，使者对曰：'此辟寒犀
也。顷自隋文帝时，本国曾进一株，直至今。'"

浣溪沙

莫许杯深琥珀浓[1]，未成沉醉意先融，疏钟已应晚来风。　　瑞脑香消魂梦断[2]，辟寒金小髻鬟松[3]，醒时空对烛花红。

词写以酒浇愁、醉入梦乡、醒来时无限孤寂的离别愁苦之情。醉酒的原因不是"杯深琥珀浓"，而是"未成沉醉意先融"。夜晚的风声，送来远处断续的钟响，给人一种无比空旷、寂寥、冷落的感觉。下片写午夜梦醒时的无奈枯坐。酒意消退，梦断魂归，再见眼前的一片孤寂。此时，瑞脑香料燃烧殆尽，髻鬟因睡梦时的挤压而松垮，仪容不整的词人更显得心事重重。无聊中，词人只能是面对着寂寞燃烧的烛花。杜牧《赠别》说："蜡烛有心还惜别，替人垂泪到天明。"词人今夜"空对烛花红"，心中翻腾而上的愁绪又指向什么呢？

1　琥珀浓：形容酒的颜色很浓。琥珀，原是松柏的树脂长期积压在地底下而形成的化石，呈褐色或红褐色。

2　瑞脑：香料名，又名龙脑，即入药的冰片。魂梦断：即梦醒。

3　辟寒金：指珍贵的精金。此处指饰金的小巧头饰。

诉衷情

夜来沉醉卸妆迟[1]，梅萼插残枝。酒醒熏被春睡[2]，梦远不成归。　人悄悄，月依依[3]，翠帘垂。更挼残蕊[4]，更捻余香[5]，更得些时[6]。

词写长夜寂苦无聊。从入夜的沉醉，写到远梦的惊回，写到长夜的枯坐，将独守空闺的寂寥表现得细腻深长。"卸妆迟"是为了挤出更多的时光去珍惜、赏识残留的梅萼。词人"沉醉卸妆"，何尝不是有意借酒昏睡，岂知还是无法逃脱失眠时的无比寂寥。"春睡"了无趣味，只有"梦远"二字才隐约点明词人寂寞苦恼的根源所在，原来是丈夫离家远行、闺中孤独难耐所导致的。下片写夜深酒醒梦回时的感觉与动作。四周静悄悄的，翠帘低垂，只有月色依依照人。深夜惊醒，寂寥如潮水般地涌来，将词人淹没其中。

1　沉醉：大醉。卸妆：指女子临睡前除去身上的妆饰。

2　熏被：被香料熏染过的被子。这句是倒装语序，指在盖着熏被春睡中酒醒梦回。

3　依依：留恋不舍的样子。

4 更：又。挼（ruó）：以手揉搓。

5 捻（niǎn）：用手指搓。

6 得：需要。些时：一段时间。

满庭芳

　　小阁藏春，闲窗锁昼[1]，画堂无限深幽。篆香烧尽[2]，日影下帘钩[3]。手种江梅更好[4]，又何必、临水登楼？无人到，寂寥浑似[5]，何逊在扬州[6]。　　从来，知韵胜[7]，难堪雨藉[8]，不耐风揉[9]。更谁家横笛[10]，吹动浓愁？莫恨香消雪减，须信道、扫迹情留[11]。难言处，良宵淡月，疏影尚风流[12]。

　　梅花绽放时节，词人折得一枝，插在闺房之中，"小阁"里也仿佛藏住了春意。词人似乎是有意将自己关闭在"小阁"中，整日闷闷枯坐，对着一枝春梅，一直到"日影下帘钩"。词人不愿打开门窗，不愿"临水登楼"，都是怕户外的春光搅乱心绪，怕牵引出对离人的不尽思念之情。下片转写梅花。梅花风韵飘逸超群，但经受不起风雨的揉搓和摧残。然而，词人对心爱的梅花还是充满着信心，即使梅花凋零殆尽，只有"疏影"残留枝头，但是，在"良宵淡月"的照映下，仍然"风流"依旧，独标清奇。

　　1　闲窗：代指空闲寂寥的闺阁。锁昼：锁住了白昼。形容白

日时光漫长,闺中女子在寂寞中难以打发时光。

2　篆(zhuàn)香:一种印有篆文的熏香。

3　帘钩:挂帘的钩子。这句说日光的影子也离开了帘钩,表明已经到了黄昏时刻。

4　江梅:泛指梅花。

5　寂寥:寂静,空旷。浑似:简直像。

6　何逊在扬州:何逊,南朝梁代人。曾在扬州任建安王记室,有《早梅》诗。李清照此处语出杜甫《和裴迪登蜀州东亭送客逢早梅相忆见寄》:"东阁官梅动诗兴,还如何逊在扬州。"

7　韵胜:指梅花风韵飘逸超群,胜过其他花卉。

8　藉:踏,这里是侵害的意思。

9　不耐:经受不住。揉:揉搓,这里也是侵害的意思。

10　谁家:何处。横笛:汉乐府横吹曲有《梅花落》,本笛中曲。后人常以此典咏梅。

11　扫迹:指踪迹扫尽,没有保留。

12　疏影:梅花稀疏的影子。林逋《山园小梅》:"疏影横斜水清浅,暗香浮动月黄昏。"风流:风韵,风情。

一剪梅

红藕香残玉簟秋[1]，轻解罗裳[2]，独上兰舟[3]。云中谁寄锦书来[4]？雁字回时[5]，月满西楼。　　花自飘零水自流，一种相思，两处闲愁。此情无计可消除，才下眉头，却上心头。

　　起句"红藕香残玉簟秋"，就为相思怀人设置了一个凄艳哀婉的场景。"轻解罗裳，独上兰舟"，暗含对轻易别离、独自登程的怨苦之意。"云中谁寄锦书来？雁字回时，月满西楼"三句，充满着热切的期待之情。下片写别后的相思。"花自飘零水自流"，别离已成事实，令人深感无奈。丈夫应该也是如此，所谓"一种相思，两处闲愁"。对丈夫的理解，更增添了思念之情。相思之情从外在的"眉头"深入到内心的深处，无论如何也无法解脱了。这首词将一位沉湎于夫妻恩爱中独守空闺备受相思折磨的妻子的心理刻画得细腻入微，语言自然流畅，清丽俊爽，明白的叙述中包蕴了无尽的情思。

1　红藕：红色的荷花。玉簟：竹席的美称，指光洁如玉的竹席。这句指红色的荷花已经枯萎凋零，坐在竹席上可以感觉到秋天的凉意。

2　罗裳：锦罗制成的裙子。

3　兰舟：用木兰木制成的华美小舟，后用作小舟的美称。

4　锦书：指夫妻间诉说思念之情的书信。前秦秦州刺史窦滔被徙流沙，其妻苏氏思之，织锦为《回文璇玑图》诗寄之。根据不同排序，此图可以读出多首怀念远人的诗歌。后代遂以"锦书""锦字"代指思念的书信。

5　雁字：大雁飞行时，排成"一"或"人"字，故称。这里指信使，相传大雁能够传递书信。

菩萨蛮

归鸿声断残云碧[1]，背窗雪落炉烟直。烛底凤钗明[2]，钗头人胜轻[3]。　　角声催晓漏[4]，曙色回牛斗[5]。春意看花难，西风留旧寒。

　　这首词的情感触发点就在于"归鸿声断"。词人遥望远方，痴心盼望着"归鸿"带来丈夫的消息，一直等到"残云碧"的黄昏时刻。窗外，落雪纷纷，寒意逼人；室内，闺妇精心打扮，插戴上"凤钗""人胜"之类的首饰。临睡之前，应该卸妆，词人反其道而行之。其用意或许是为了消磨无眠的时光，或许还包含着对突如其来相逢的渴望。下片写又一个黎明的即将来到。词人听到了"角声催晓漏"，看到了"曙色回牛斗"，可以推想，昨夜必定是一个失眠枯坐的长夜。新的一天来到，心情却没有任何改变。词人的心情恶劣和无意游春，都是因为离别相思所带来的。

1　归鸿：春天北归的大雁。

2　凤钗：是古代妇女的一种首饰，又称凤凰钗，钗头作凤凰形状。此外，还有蝉钗、雀钗、燕钗等，都因钗头的形状不同而命名。

3　人胜：古代妇女在"人日"这样特定的节日里所插戴的首饰。古时正月初七为"人日"，剪彩为人形，故名人胜。

4　角：古代军中器具，作用类似于今天的军号。有彩绘的，称画角。古代军营中拂晓或黄昏时用角声和鼓声报时。漏：古代的计时器，以滴水计时。

5　牛斗：二十八宿中的牛宿与斗宿，是相邻的两个星宿。古人以天文上的二十八宿对应地面上的区域，以此作为划分区域的地理标准。

醉花阴

薄雾浓云愁永昼[1]，瑞脑消金兽[2]。佳节又重阳[3]，玉枕纱橱[4]、半夜凉初透。　　东篱把酒黄昏后[5]，有暗香盈袖[6]。莫道不消魂[7]，帘卷西风，人比黄花瘦[8]。

　　这首词通过悲秋的环境设置来抒写自己的寂寞愁苦。上片先写重阳秋日凄凉冷落的情景。"薄雾浓云"布满了整个天宇，词人也是愁云布满心头。她只能枯坐闺中，点燃"瑞脑"，凄苦地消磨时光。词人以一句"佳节又重阳"作为过渡，点明节令以及佳节思亲的愁苦。接着，就从"玉枕纱橱"这样一些具有特征性的事物与词人的特殊感受中写出了沁人肌肤的秋寒，暗示词中女主人公寂苦的心境。下片补叙白天的其他活动。词人步入花园，赏菊饮酒，一直到"黄昏后"。重阳日菊花的幽香盛满了词人的衣袖，然而词人却哪里还有往日的情怀："莫道不消魂，帘卷西风，人比黄花瘦。"前后对比，物是人非，今昔异趣。相思离情，油然而生。

1　永昼：漫长的白天。
2　瑞脑：香料名，又称龙脑，入药为冰片。金兽：兽形的铜香炉。

3　重阳:即重阳节。古时以阴历九月九日为重阳节。

4　玉枕:磁枕。纱橱:碧纱橱。用木料做橱架,蒙以轻纱,中间安放床位,以避蚊蝇。

5　东篱:种菊花的地方。陶渊明《饮酒》其五:"采菊东篱下,悠然见南山。"

6　暗香:幽香。

7　消魂:神伤。一般指离别时的悲苦情态。

8　黄花:菊。《礼记·月令》:"菊有黄花。"

小重山

春到长门春草青[1]，江梅些子破[2]，未开匀。碧云笼碾玉成尘[3]，留晓梦，惊破一瓯春[4]。　　花影压重门，疏帘铺淡月，好黄昏。二年三度负东君[5]，归来也，著意过今春[6]。

词通过写春来的情思，含蓄地向丈夫表达自己的心愿。首句薛昭蕴的成句，为全词奠定基调。"长门"的典故恰如其分地传达出自己孤寂的处境和愁苦的心境。初春景物，春草青青，江梅含苞欲放。词人煮碧云团茶，品清瓯而回味拂晓的美梦。梦中是丈夫的已经归来？是夫妻的携手赏春？是妻子娇嗔的倾诉？一天的光阴就这么在沉思回味中消磨过去了。黄昏来临，花影映照，淡月朦胧。户外春光，在这一时刻反而显得绰约多姿。面对此情此景，词人内心的千言万语，汇聚成一句深情的呼唤："归来也！"如果丈夫不早日归来，即将到来的灿烂春色又将被再次辜负。

1　"春到"句：用薛昭蕴《小重山》成句。薛词说："春到长门春草青，玉阶华露滴，月胧明。"长门：即长门宫，西汉长安宫殿名，后来代指冷宫。

2　江梅:泛指梅花。些子:一些。破:绽放。

3　碧云笼:装茶的竹笼。碧云:形容茶的色泽。碾玉成尘:即碾茶。宋人喜团茶,饮时将其碾碎,再煮。

4　一瓯春:一杯茶。瓯:饮料容器。春:即茶。茶往往是春时采摘,故称。

5　东君:原指日神,后来指司春之神。用来代指春天。

6　著意:特别在意。

行香子

草际鸣蛩[1]，惊落梧桐[2]，正人间、天上愁浓。云阶月地[3]，关锁千重。纵浮槎来[4]，浮槎去，不相逢。　　星桥鹊驾[5]，经年才见，想离情、别恨难穷。牵牛织女[6]，莫是离中[7]。甚霎儿晴[8]，霎儿雨，霎儿风。

词咏牛郎织女的故事，通过神话传说，写人间的离别相思。全词都是在设想天上仙人被银河隔绝的生离苦痛，以及期盼相聚的重重困难。"云阶月地"是牛郎织女居住和相见的地方，平日却是"关锁千重"，将情侣相隔一方。词人设想：即使能够乘坐木筏，在银河上自由来去，恐怕也难以相逢。好容易盼到七夕"星桥鹊驾"相聚的日子，由于"经年才见"的长期分隔，使情侣之间有了诉说不尽的"离情别恨"。不过，这只是词人幻想重聚的场面。回到现实，依然发现，"牵牛织女，莫是离中"。词人埋怨自然界的"甚霎儿晴，霎儿雨，霎儿风"，阴晴风雨变化不定，人为地带来重重阻挠，将有情人相隔一方。

1　蛩（qióng）:蟋蟀。

2　惊落梧桐：梧桐树从立秋左右开始落叶，故"一叶知秋"。

3　云阶月地：即云为台阶月作地，代指天上。杜牧《七夕》："云阶月地一相过，未抵经年别恨多。"

4　浮槎（chá）：乘木筏。槎，木筏。

5　星桥鹊驾：旧说农历七月七日，有喜鹊在星河中架桥，供牛郎织女相会。

6　牵牛、织女：天上二星座名，由牛郎织女的故事而来。

7　莫是：莫非是，难道是。

8　甚：正。霎（shà）儿：一会儿。

凤凰台上忆吹箫

香冷金猊[1]，被翻红浪[2]，起来人未梳头。任宝奁闲掩[3]，日上帘钩。生怕闲愁暗恨，多少事、欲说还休？今年瘦，非干病酒，不是悲秋。　　休休！这回去也，千万遍《阳关》[4]，也则难留。念武陵人远[5]，烟锁秦楼[6]。记取楼前绿水，应念我、终日凝眸[7]。凝眸处，从今又添，一段新愁。

　　词写闺中离别相思之苦。"日上帘钩""金猊"香尽，一夜的不眠或噩梦折腾，起床之后竟然无心整理床铺，无心梳妆打扮。这种慵懒无力、意兴阑珊的情景，已经延续了多日，以至梳妆盒上布满灰尘。词人欲采取躲避的方式，将"多少事"都故意压下不提，"今年瘦"却透露出回避的无奈。"非干病酒，不是悲秋"，而是丈夫离家日子的久远，相思痛苦蓄积的厚重。每次离别，李清照当然有过无数次的挽留。缠绵留恋至深，别后痛苦更切，而久盼的不归，又使得郁积的愁苦意绪渐渐转变为隐隐的怨恨。"楼前绿水"，每天见证词人的倚楼"终日凝眸"。"凝眸处，从今又添，一段新愁"，已经成为词人必须承受、无法回避的痛苦。

1　香冷：指香料早已燃尽而变冷。金猊(ní)：狮形的铜香炉。猊：狮子。《香谱》："香兽，以涂金为狻猊、麒麟、凫鸭之状，空中以燃香，使香自口出，以为玩好。"

2　被翻红浪：红锦被成波浪状堆积在床上，无心折叠之意。

3　宝奁(lián)：精美珍贵的梳妆盒。

4　《阳关》：曲名，送别时所唱。王维《渭城曲》："渭城朝雨浥轻尘，客舍青青柳色新。劝君更尽一杯酒，西出阳关无故人。"后翻入乐曲，唐人盛唱，又称《阳关三叠》。阳关原是地名，在今甘肃敦煌市西南。

5　武陵：地名。南朝宋刘义庆《幽明录》记载：汉明帝时，刘晨、阮肇入天台山采药，沿武陵溪而上，得遇两位美貌仙女，共同生活半年。刘、阮回家之后，见到的居然是第七代子孙了。

6　秦楼：据西汉刘向《列仙传》记载：秦穆公女弄玉，喜欢善吹箫的萧史，结为夫妻，后夫妻吹箫技能皆出神入化，遂一起登仙而去。弄玉所居，后人称之为"秦楼"。"萧史弄玉"的故事，后人又赋予一层离别的悲苦情思，李白《忆秦娥》曰："箫声咽，秦娥梦断秦楼月。秦楼月，年年柳色，灞陵伤别。"

7　凝眸(móu)：聚精会神地看。眸，指眼睛。

好事近

　　风定落花深[1]，帘外拥红堆雪[2]。长记海棠开后，正是伤春时节[3]。　　酒阑歌罢玉尊空[4]，青缸暗明灭[5]。魂梦不堪幽怨[6]，更一声啼鴂[7]。

　　词写伤春思别情绪，淡淡说来，渐见深情。春末时节，风已停止，花瓣飘零，堆满帘外。一年一次，就是这样的"海棠开后"的"伤春时节"，每每都要引起词人无限的伤感，无限的悲悼。闺房内外，一片静谧，愁绪也仿佛随之沉寂。然而，仔细品味每一句话，发现这种思愁深入到词人的内心，永远无法磨灭。词人虽然也喝酒、也听歌，但"酒阑歌罢玉尊空"的时候，面对着"青缸"光线或明或暗的跳跃变化，独自忍受着长夜的寂寞与无奈，深埋在心底的愁怨就会一丝丝地翻搅上来。即使在朦胧中睡去，梦魂也自然会停留在那种"幽怨"的状态之中，也非常容易被那"一声啼鴂"所唤回。

　　1　风定：风停息了。

　　2　拥红堆雪：指红红白白飘落在地上的花瓣簇拥堆积在一起。

　　3　正是伤春时节：此句依律衍一字。赵万里辑《漱玉词》说：

"按:此句无作六言者,'正''是'二字,必有一衍。"

4　酒阑:酒尽,酒喝完了。阑:尽。玉尊:酒杯的美称。

5　青钉(gāng):青灯。钉:灯。暗明灭:指灯光忽明忽暗,一闪一闪。

6　幽怨:潜藏在内心的怨恨。

7　啼鸠(jué):即鹈鸠,鸟名。所指说法不一。但后代诗人大都还是用来指杜鹃。

点绛唇

寂寞深闺，柔肠一寸愁千缕。惜春春去，几点催花雨[1]。　　倚遍阑干，只是无情绪[2]。人何处？连天衰草，望断归来路[3]。

词写深闺浓愁。词人对春光的流逝有无限留恋之情，这种留恋又转化成盼望"行人"早日归来的急切愿望。"寂寞深闺"，柔肠寸断，户外"几点催花雨"，也能让词人觉察到春天的离去而产生"惜春"的情感。词人"倚遍阑干"，不断地眺望远方，当然是期待着"行人"的归来。愿望的一再落空，叫词人非常的"无情绪"。词人抑制不住追问："人何处？"着急的等待表现为强烈情绪化的问句。远方是"连天衰草"，衰草连接处，天路尽头，可能就是"行人"的去处。这样一种空间距离的无限夸张，蕴涵着多少次热切渴望失落之后的怨言与伤心？

1　催花雨：摧残花木、促使花卉凋谢的春雨。

2　无情绪：心意阑珊，郁郁寡欢。

3　望断：极目眺望，尽视力之所及。韦庄《木兰花》："独上小楼春欲暮，望断玉关芳草路。"

蝶恋花

　　泪湿罗衣脂粉满，四叠《阳关》[1]，唱到千千遍。人道山长山又断，萧萧微雨闻孤馆[2]。　　惜别伤离方寸乱[3]，忘了临行，酒盏深和浅。好把音书凭过雁[4]，东莱不似蓬莱远[5]。

　　宣和三年，李清照告别居住多年的青州，将赴莱州，平日相聚的姊妹们纷纷赶来送别。送别的情景，牢牢地铭刻在词人的心中。当时，大家洒泪分手，送别的《阳关曲》唱了一遍又一遍。此去莱州，山势连绵，旅途的遥远令人愁苦。孤馆潇潇的微雨声，增加了旅途的凄凉。过片，再次回到分别的刹那间。送别的酒宴之间，被伤离意绪所缠绕，也忘了"酒盏深和浅"，不知不觉间喝下了许多苦酒。分手既然已经是必然，那么，只有彼此安慰，莱州毕竟与青州相隔不远，可以通过书信传达音讯，传达友谊。

1　《阳关》：曲名，送别时所唱。阳关原是地名，在今甘肃敦煌市西南。四叠：指重叠演唱。白居易《对酒》："相逢且莫推辞醉，听唱阳关第四声。"

2　萧萧：象声词,此指细雨声。孤馆：凄清孤寂的驿馆。

3　方寸乱：心绪乱。方寸：指人心。

4　凭过雁：借飞过的大雁传递音书。据说鸿雁能够传递书信。

5　东莱：即莱州,今属山东。赵明诚在宣和三年(1121)知莱

州。蓬莱：传说中海上三神山之一。

忆秦娥

临高阁，乱山平野烟光薄[1]。烟光薄，栖鸦归后[2]，暮天闻角[3]。　　断香残酒情怀恶[4]，西风催衬梧桐落[5]。梧桐落，又还秋色[6]，又还寂寞。

词写登高远眺引发的悲秋情感。词人登上高阁，面对的是"乱山平野"的陌生凌乱之景色，中间又点缀着黄昏归来的"栖鸦"和回荡于天际的凄凉号角，越发叫词人不堪忍受。高阁以外景色的荒凉凌乱，与室内的"寒窗败几无书史"之凄寒冷落非常相似，这是词人在特定心境中的一种有意识的审美选择，唯有如此才能表现出眼下的心情恶劣和内心的寂寞。词人还是借酒浇愁。然而，酒残香断，西风吹起、梧桐叶落、秋色遍野的时候，内心的寂寞凄苦再次被翻搅上来。

1　烟光薄：烟雾淡薄。

2　栖鸦：在树上筑巢栖息的乌鸦，往往黄昏时归来，故又称"昏鸦"。

3　暮天闻角：指军中号角，黄昏时吹奏以报时。

4　断香残酒：指香炉里的香已燃尽，酒杯中的酒已喝得差不多了,暗示消磨了一段漫长的时间。情怀恶:心情坏。

5　衬:帮助。

6　还:再次。

渔家傲

天接云涛连晓雾[1]，星河欲转千帆舞[2]。仿佛梦魂归帝所[3]，闻天语[4]，殷勤问我归何处[5]？　我报路长嗟日暮[6]，学诗谩有惊人句[7]。九万里风鹏正举[8]。风休住，蓬舟吹取三山去[9]。

　　今夜的梦境是奇特的。天空中弥漫着云涛与晓雾，恍惚之中，词人已经置身于天上银河这样一个虚无飘缈的神话世界里。群星如同挂满篷帆的航船，点点片片飞舞。词人的梦魂乘此"星帆"，进入天帝的居所。"归何处"的问语，又流露出李清照在现实世界中的迷惘彷徨。现实人生，路途漫漫，暮色沉沉，云雾重重。词人在庞大的现实阴影下奋力地挣扎，但世乏知音，"学诗谩有惊人句"。这是脱离了少女、少妇时代的天真无邪、单纯幼稚之后的人生感受，其中凝聚着词人丰富的人生阅历，充满着现实生活中频遭挫折的悲剧感。倔强的李清照并不甘心在这种寂苦中沉默，而是依恃天帝的鼓励，如鲲鹏展翅，欲乘风高飞远举，奔向理想中的"三山"仙境。

1　云涛：形容天空中的云彩，如同大海里起伏的波浪一般。
2　星河：银河，天河。千帆舞：形容天空中星象的变化情景，如同浩阔的海面上千帆齐舞。

3　仿佛：好像。归：回去，回家。帝所：天帝居住的地方。

4　天语：天帝的话语。李白《飞龙引》其二："造天关，闻天语，屯云河车载玉女。"

5　殷勤：十分关心。

6　报：回答。路长：有象征语意，即《楚辞·离骚》"路曼曼其修远兮，吾将上下而求索"之意。嗟：叹息，慨叹。

7　谩有：空有，徒有。"惊人"句：杜甫《江上值水如海势聊短述》："为人性僻耽佳句，语不惊人死不休。"

8　九万里风鹏正举：像大鹏一样凭借九万里的飓风高飞远举。鹏，是传说中的神鸟，只有上升到九万里高空，才能飞行。

9　三山：指蓬莱、方丈、瀛洲，传说中东海上神仙居住的地方，上有长生不死之药。吹取：吹得。

临江仙

欧阳公作《蝶恋花》[1]，有"深深深几许"之句，予酷爱之[2]。用其语作"庭院深深"数阕，其声即旧《临江仙》也。

> 庭院深深深几许[3]？云窗雾阁常扃[4]。柳梢梅萼渐分明[5]。春归秣陵树[6]，人老建康城[7]。　　感月吟风多少事[8]，如今老去无成。谁怜憔悴更凋零。试灯无意思[9]，踏雪没心情。

南渡到建康，居住深院，有一种被牢笼不可摆脱的羁囚感。走出庭院，触目伤心，处处悲凉，还不如将自己锁在房中，努力回避这种令人悲苦的现实。词人已对外面的生活失去了热情和兴趣，她也知道户外"柳梢梅萼渐分明"，春天的脚步越来越近。但是，总是打不起精神，提不起兴趣。李清照不由得回想起南渡之前安定快乐的时光，那时候，"感月吟风多少事"。这一切都一去不复返了，只落得眼前的"如今老去无成"。已经到了元宵之前张灯预赏的时间了，户外是白皑皑的大雪铺天盖地。然而，李清照既没心情欣赏花灯，又没心情踏雪赏景，心境格外灰颓。这种悲苦的程度，远远超过南渡之前的所有离愁别恨。

1 欧阳公:北宋著名文人欧阳修。《蝶恋花》:指欧阳修的一首名篇,词云:"庭院深深深几许?杨柳堆烟,帘幕无重数。玉勒雕鞍游冶处,楼高不见章台路。   雨横风狂三月暮,门掩黄昏,无计留春住。泪眼问花花不语,乱红飞过秋千去。"

2 酷:非常,特别。

3 "庭院"句:用欧阳修词整句。几许:多少。

4 云窗雾阁:指被云雾所缭绕的闺阁与窗户。此处用来描写与外界环境的隔绝。扃(jiōng):用来关闭门户的门闩、门环等,引申为关闭。

5 分明:清楚,清晰。这里指梅花与柳树的色彩变得越来越鲜明,也就是说春天来了。

6 秣陵:地名。战国楚置金陵邑,秦时称秣陵,即今江苏南京市。

7 建康:地名。三国吴改秣陵为建业,后又称建邺。西晋时为避愍帝司马邺讳,改名建康。即今江苏南京市。

8 感月吟风:指在岁月静好的日子里安闲地吟诗赋词。

9 试灯:没到元宵节而张灯预赏称之为"试灯"。周密《武林旧事·元夕》:"禁中自去岁九月赏菊灯之后,迤逦试灯,谓之预赏。"

临江仙

　　庭院深深深几许[1]？云窗雾阁春迟。为谁憔悴损芳姿？夜来清梦好，应是发南枝[2]。　　玉瘦檀轻无限恨[3]，南楼羌管休吹[4]。浓香吹尽有谁知？暖风迟日也[5]，别到杏花肥。

　　这首词主题是咏梅，然更深一层是李清照南渡后心理状态、外貌形态变化的刻画。细读这首赏花词，发现李清照选取的角度十分特别。第一个画面是描绘春天的来迟，梅花的不开放；第二个画面是描绘梅花的凋零，浓香之吹尽，而梅花盛开的场面只是在"清梦"中一闪而过。在词人的眼中，梅花似乎没有经历过枝头烂漫的好时光。这样苦心积虑、独具"慧眼"的艺术选择，只是要赋予"咏梅"以悲苦的含义。事实上，南渡漂泊的词人也无心欣赏灿烂绽放的梅花，只是躲在房中，任大好春光在身边悄悄流逝。这样的托物言志法，与南渡前咏梅花之作，甚至是咏其他花卉之作，都有很大的差别。

1　"庭院"句：用欧阳修《蝶恋花》词整句。

2　南枝：向阳的枝头。这边的梅花往往先开放。南枝又用来指梅花。据说大庚岭上的梅花，南枝落，北枝开。后人咏梅诗词常用这个典故。

3 玉瘦檀轻:形容梅花容颜憔悴、颜色浅淡。檀:浅绛色。

4 羌管:即羌笛,一种从少数民族传入的乐器。汉乐府有笛曲《梅花落》。

5 暖风迟日:指风和日丽的春天。春日悠长,春风和煦,故称。《诗经·七月》:"春日迟迟,采蘩祁祁。"

永遇乐

落日熔金[1]，暮云合璧[2]，人在何处？染柳烟浓，吹梅笛怨[3]，春意知几许[4]？元宵佳节，融和天气[5]，次第岂无风雨[6]？来相召、香车宝马[7]，谢他酒朋诗侣[8]。　　中州盛日[9]，闺门多暇[10]，记得偏重三五[11]。铺翠冠儿[12]，捻金雪柳[13]，簇带争济楚[14]。如今憔悴，风鬟霜鬓[15]，怕见夜间出去[16]。不如向、帘儿底下，听人笑语。

今年元宵，晴爽暖和，天色渐暗，欢乐的序幕也应缓缓拉开。词人突然插入"人在何处"的冷冷一问，终止了对元宵节可能到来的欢乐的描写。春天的脚步在临近，节日的气氛越来越浓郁，词人第二次插入冷冷的一问："春意知几许？"今天果然是"融和天气"，难道谁能保证转眼之间不会有狂风暴雨？词人提出第三个疑问时，将自己的担忧全盘托出，词人拒绝外出游玩就是理所当然的了。下片回顾南渡之前的快乐生活，抒写南渡后今昔盛衰之感。"中州盛日"，那是何等的快乐啊！南渡之后情景凄凉，人已憔悴，"风鬟霜鬓"，哪有心情夜间出去赏识花灯。"听人笑语"，大约还是为了排解寂寞愁苦，最终恐怕依然因为无心"笑语"而倍增苦痛。

———

1　熔金：形容落日的辉光呈现出赤黄的颜色。杜牧《金陵》：
"风清舟在鉴，日落水浮金。"

2　合璧：形容暮云连成一片，像环形碧玉一般。璧：圆形而中间有孔的美玉。

3　吹梅笛怨：汉乐府横吹曲有笛子曲《梅花落》，声情哀怨。这里指笛子所吹奏的是幽怨的曲调。

4　几许：多少。

5　融和：温暖和煦。

6　次第：转眼。

7　香车宝马：华美的车马。

8　谢：辞谢，谢绝。酒朋诗侣：一起饮酒作诗的朋友。

9　中州：河南古称中州，这里代指北宋汴京（今河南开封）。盛日：繁华盛丽的日子。

10　闺门：闺阁，这里代指女子。

11　偏重：特别看重。三五：指正月十五元宵节。古代把月半称作三五。

12　铺翠冠儿：装饰着翡翠羽毛和宝珠的帽子。吴自牧《梦粱录》："官苍口、苏家巷二十四家傀儡，衣装鲜丽，细旦带花朵肩，珠翠冠儿，腰肢纤袅，宛如妇人。"南宋初曾对妇女的这类装饰下过禁令,以提倡简朴的风气。铺:装饰。

13　捻金:以金线捻丝(见《宋史·舆服志五》)。雪柳:用绢或纸扎成柳枝或花形的装饰物。铺翠冠儿、捻金雪柳都是宋时元宵节妇女应时的装饰。

14　簇带:宋时方言,即头上插戴着许多装饰物。簇:丛聚。带:通"戴"。争:比赛,比美。济楚:宋时方言,齐整、漂亮之意。

15　风鬟霜鬓:头发蓬乱不整,鬓发变白。

16　怕见:犹言懒得。

菩萨蛮

风柔日薄春犹早[1]，夹衫乍著心情好[2]。睡起觉微寒，梅花鬓上残。　　故乡何处是？忘了除非醉。沉水卧时烧[3]，香消酒未消。

――

在建康生活稍稍安定后，词人似乎也有"心情好"的时候。冬寒过去了，笨重的冬装换下了，江南春早，大地已经显露出勃勃生机。词人笔锋一转，却写睡醒后所感觉到的早春寒意。昨夜饮酒赏梅，鬓上的梅瓣因睡觉揉搓而显得残败。仔细品味，春寒花残的意象中，已经渗透了词人渐渐转向恶劣的情绪。下片直接点明情绪逆转的原因。"故乡何处是"是时刻萦绕于词人心头的最深的痛苦，昨夜的饮醉就是为了这一点，这又粉碎了今天早晨起来的好心情。词人失去了对春日景物的兴趣，懒卧床上，静对沉香。至此，读者才明白，开篇写早春"夹衫乍著"之"心情好"，是为了反衬对故国故乡的苦苦思恋之情。

――

1　风柔：春风和煦。日薄：指阳光还不是那么强烈。

2　夹衫：有里有面的双层衣衫。乍著：刚刚穿上。

3　沉水：即沉香，香料名。

孤雁儿

世人作梅词，下笔便俗。予试作一篇，乃知前言不妄耳。

藤床纸帐朝眠起[1]，说不尽、无佳思[2]。沉香断续玉炉寒[3]，伴我情怀如水。笛里三弄[4]，梅心惊破[5]，多少春情意？　　小风疏雨萧萧地[6]，又催下、千行泪。吹箫人去玉楼空[7]，肠断与谁同倚[8]？一枝折得[9]，人间天上，没个人堪寄。

这是一首悼亡词。赵明诚病逝后的某一个春天，室外梅花已经开放。词人一觉醒来，心情就格外恶劣。"说不尽、无佳思"，这是没有来由的，是丈夫去世之后一种经常性的心理状态。往事旧情像流水，在词人心中滔滔流过。不知何处，传来凄怨的笛声。到此，词人当然要怀疑春天能停留多久，自己又还会有"多少春情意"呢？屋外，又下起了潇潇疏雨，刮起了小风。一场风雨，枝头的梅花能够承受得了吗？这一场风雨，催落梅花，更催下词人的"千行泪"。此时，李清照的心思完全不在梅花上，而在于对亡夫的无限思恋。所以，这首词浅层次是咏梅，深层次是悼亡，通过咏梅，逐步引出悼亡的主题。

1　藤床:用藤编织的床。明高濂《遵生八笺》卷八"欹床"条载:"高尺二寸,长六尺五寸,用藤竹编之,勿用板,轻则童子易抬。"至今南方仍有藤床。纸帐:纸制的帐子。明高濂《遵生八笺》卷八"纸帐"条载:"用藤皮茧纸缠于木上,以索缠紧,勒作皱纹,不用糊,以线折缝缝之。顶不用纸,以稀布为顶,取其透气。或画以梅花,或画以蝴蝶,自是分外清致。"

2　佳思:好心情,好情思。

3　沉香:又名沉水,香料名。玉炉:玉制或白瓷制的香炉,用作香炉的美称。

4　笛里三弄:古笛曲有《梅花三弄》。

5　破:这里指梅花绽放。

6　萧萧:象声词,指风雨声。

7　吹箫人去玉楼空:据《列仙传》载:秦穆公时有一位擅长吹笛的人名叫萧史,秦穆公的女儿弄玉喜欢萧史,穆公就将女儿嫁给了他。婚后,萧史每天教弄玉作凤鸣声。过了几年,弄玉吹出来的声音确实像凤声,就真的有凤凰飞过来停在他们的屋子上面。穆公特地建造凤台,让夫妻二人居住其上。又过了数年,夫妻二人都随凤凰飞升而去。这句隐指丈夫赵明诚的去世。李商隐《代应》:"离鸾别凤今何在,十二玉楼空更空。"

8　肠断:指人极度哀伤,柔肠寸断之意。

9　一枝折得：据《荆州记》记载：陆凯与范晔是好友，他从江南寄给长安的范晔梅花一枝，并赠诗说："折梅逢驿使，寄与陇头人。江南无所有，聊赠一枝春。"这里指欲寄达对亡夫的情思。

浪淘沙

帘外五更风，吹梦无踪。画楼重上与谁同？记得玉钗斜拨火[1]，宝篆成空[2]。　　回首紫金峰[3]，雨润烟浓。一江春浪醉醒中[4]。留得罗襟前日泪，弹与征鸿[5]。

　　五更惊醒，帘外风寒，连梦的踪影也难寻觅。赵明诚辞世永别，留给李清照无边的寂寞与痛苦。所以，逼出下一句的追问："画楼重上与谁同？""玉钗斜拨火"，这一细微的动作没有改变，今日独自重复这个动作，用来打发长日寂寞无聊的时光。"宝篆成空"，是词人的主观感受，无限伤痛，凄怨哀苦已绝。词人回首旧日留下许多痛苦回忆的建康城，往事不堪回首，词人只能用醉了又醒、醒了又醉的狂饮来麻醉自己。"一江春浪"里，渗透了词人的血泪。词人将此苦痛"弹与征鸿"，欲寄予黄泉之下的丈夫，她将永远地被抛留在这无边的哀思之中了。

1　拨火：拨弄火炉里的炭火，使其烧得更旺一些，用以取暖。
2　宝篆：篆香，一种香料。这句意指眼前篆香空自燃烧，而梦中的一切往事都已经一去不复返了。

3　紫金峰：一说指今南京紫金山，一说泛指紫金色的山峰。

4　一江春浪：李煜《虞美人》："问君能有几多愁，恰似一江春水向东流。"江，指长江。

5　征鸿：空中飞过的大雁，传说大雁能够传递书信。这句意谓想通过"征鸿"寄去自己对丈夫的一腔深情思念。

清平乐

　　年年雪里，常插梅花醉。挼尽梅花无好意[1]，赢得满衣清泪[2]。　　今年海角天涯，萧萧两鬓生华[3]。看取晚来风势[4]，故应难看梅花。

　　词人一生，对梅花情有独钟。"年年雪里"饮酒赏梅，"常插梅花醉"。如今摘取梅花之后，却没有心情欣赏，下意识的揉搓中梅花变为片片碎屑。这种"无好意"下的动作，自然不会有对梅花的怜惜之情。词人这时候的心思不在梅花，而在于自己的身世，内心的凄痛最终化作洒满衣襟的"清泪"。下片词人直接点明悲苦之所以产生的原因。在"萧萧两鬓生华"的年岁，却要背井离乡，孤身流落"海角天涯"。亡国的哀痛，丧夫的悲苦，一齐涌来，哪里还会有心情赏梅呢。"晚来风势"，凄神寒骨，词人的身心都难以适应。词人这里是借题发挥，用咏梅的题目喑喻个人的遭遇。

1　挼（ruó）：以手揉搓。无好意：没有好心情。
2　赢得：获得。杜牧《遣怀》："十年一觉扬州梦，赢得青楼薄幸名。"

3　萧萧：头发短而稀少的样子。苏轼《南歌子》："苒苒中秋过,萧萧两鬓华。"

4　看取：看着。取：语助词。

摊破浣溪沙

病起萧萧两鬓华[1]，卧看残月上窗纱。豆蔻连梢煮熟水[2]，莫分茶[3]。　　枕上诗书闲处好，门前风景雨来佳。终日向人多酝藉[4]，木犀花[5]。

这是词人晚年患病将愈时所作。"贫病"将愈，虽已白发萧萧，李清照仍旧振作精神，卧看一钩残月在空中高挂，诗情画意的大自然给予词人心灵上极大的抚慰。词人或兴趣盎然地煮茶、品茶；或侧卧在病榻上时，也有精神能够随意翻阅堆叠在枕头旁边的诗书；或支撑病躯起床，倚门欣赏户外景色，表现的是对生活的热情和不甘寂寞的心情。词人在这秋日秋雨、疾病将愈的时候，处处发现生活的美好。整首词，词人只是写日常的家庭琐事和优美的户外景色，充满了浓郁的生活气息。词人尽量自我解脱，事事看开，再次表现出刚毅的性格和旷达的心胸。

1　萧萧：头发短而稀少的样子。

2　豆蔻：多年生草本植物，开淡黄色花，果实种子可入药。杜牧《赠别》："豆蔻梢头二月初。"熟水：宋人常用饮料。《事林广记》别集卷七《造熟水法》:"夏月,凡造熟水,先倾百煮衮(滚)汤在瓶器内,然后将所用之物投入,密封瓶口,则香倍矣。若以汤泡之,则不香矣。"

3　分茶:是宋人品茶的一种方式。据王仲闻归纳总结,大概是用茶匙取茶水,倾注茶杯之中,谓之分茶。杨万里《澹庵座上观显上人分茶》:"分茶何似煮茶好,煎茶不似分茶巧。"其中又有许多技巧。陆游《临安春雨初霁》:"晴窗细乳戏分茶。"

4　酝藉:酝酿。此处指桂花终日向人含蓄表露情思。

5　木犀花:桂花的别称,以木材纹理如犀而名。

武陵春

风住尘香花已尽[1]，日晚倦梳头[2]。物是人非事事休[3]。欲语泪先流。　　闻说双溪春尚好[4]，也拟泛轻舟[5]。只恐双溪舴艋舟[6]，载不动、许多愁。

　　暮春季节，在心境悲苦的李清照眼中，完全是一幅死气沉沉、寂寞萧条的凄凉景象。词人无心梳妆打扮，呆坐房中，直到黄昏。一天怔怔不知所为，终于让麻木中的词人清醒地意识到一件事情："物是人非事事休。""欲语泪先流"是痛苦已极、无语倾诉的表达。过片"闻说双溪春尚好，也拟泛轻舟"，照应开篇的"风住尘香花已尽"，可见春天已经完全消失只是词人悲苦之中的想象。下片词人的情绪似乎有所松动，然而很快就被新涌上来的愁绪所淹没："只恐双溪舴艋舟，载不动、许多愁。"

　　这首词所抒发的"愁"绪，已不仅仅是因为伤春引起的，实际上是国破家亡、亲人永逝、婚变风波、四处逃亡与文物丧失等杂糅在一起的深悲巨痛。

1　风住尘香：风吹尽了掺合着落花香味的尘土。

2 日晚:傍晚。

3 物是人非:景物依然如故,而人物、人事却已经有了很大的变化。事事:每件事。

4 双溪:水名,是浙江金华著名的风景秀丽的游览胜地。因为有东港、南港两条水流汇聚于金华城南,故名"双溪"。

5 拟:准备,打算。泛:指乘舟游玩。

6 舴艋舟:小船,形状似蚱蜢。张志和《渔父》:"舴艋为舟力几多,江头雷雨半相和。"

蝶恋花

上巳召亲族[1]

永夜恹恹欢意少[2]。空梦长安[3]，认取长安道[4]。为报今年春色好，花光月影宜相照。　　随意杯盘虽草草[5]。酒美梅酸，恰称人怀抱[6]。醉莫插花花莫笑，可怜春似人将老。

漫漫长夜，或因故国之思而难以入眠，或睡眠中仍然念念不忘故国江山。"空梦长安，认取长安道"，是醒来以后的失落与惆怅。词人笔锋一转，语意似乎转向欢快："为报今年春色好，花光月影宜相照。"更何况"酒美梅酸"，可口如意。岂知结尾两句语意再转："醉莫插花花莫笑，可怜春似人将老。"词人为何而醉？"插花"动作中隐含的仅仅就是留恋春天的离去之意吗？"春老"与"人老"之间又有何种联系？词人的伤春伤离意绪，至此含蓄说出。李清照这时候的插花赏春、举杯畅饮，都是一种故作姿态，都是一厢情愿地在努力摆脱悲苦意绪的缠绕。

1　上巳：节令名。阴历三月上旬之巳日为上巳节。

2　永夜：漫长的黑夜。恹恹：精神不振的样子，往往形容久病之后的衰疲。

3　长安：汉唐故都，即今陕西西安。后遂以为京师的代称，这
里代指北宋故都汴梁（今河南开封）。

4　认取：认得。

5　草草：简单草率，不丰盛。

6　恰称：恰好适宜。

鹧鸪天

寒日萧萧上锁窗[1]，梧桐应恨夜来霜。酒阑更喜团茶苦[2]，梦断偏宜瑞脑香[3]。　　秋已尽，日犹长，仲宣怀远更凄凉[4]。不如随分尊前醉[5]，莫负东篱菊蕊黄[6]。

　　每到秋来，寒日萧萧，梧桐夜霜，愁恨依旧。词人不甘心就此忍受痛苦的折磨，她饮酒品茶，寻找种种消遣，以排解内心愁苦，终于在昏然中睡去。瑞脑香尽，梦中醒来，按捺下去的痛苦必将再度翻腾上来。夜深人静之际，更叫人不堪忍受。秋日已尽，冬季越发昼短夜长，但是词人依然感觉到白日的漫长。孤寂无聊，痛苦难耐，当然会感觉到时光流逝的缓慢而有所怨言了。"仲宣怀远更凄凉"，李清照借以写浓烈的怀念故国、思念故乡的悲凉怀抱，也解释了上阕表现的秋日愁怨、日长难熬所产生的原因。

1　萧萧：形容萧瑟清冷的样子。锁窗：窗棂作连锁形的图案，名锁窗，又称琐窗。
2　酒阑：酒喝完了。团茶：挤压成一团的茶叶，类似今天的茶饼。团茶当时有龙团与凤团两种，后又有小凤团。欧阳修《归田录》载："茶之品，莫贵于龙、凤，谓之团茶，凡八饼重一斤。"

3　瑞脑：香料名，又名龙脑，即入药的冰片。

4　仲宣怀远：东汉末年文人王粲，字仲宣，山阳高平（今山东邹县西南）人，"建安七子"之一。董卓之乱，他避难荆州，依附刘表，不得重用。曾作《登楼赋》，以抒思乡之情。其中有"虽信美而非吾土兮，曾何足以少留""情眷眷而怀归兮，孰忧思之可任"等句。

5　随分：照样，照例。

6　东篱：指种菊花的地方。

南歌子

天上星河转[1]，人间帘幕垂。凉生枕簟泪痕滋[2]，起解罗衣聊问[3]、夜何其[4]？　　翠贴莲蓬小[5]，金销藕叶稀[6]。旧时天气旧时衣，只有情怀不似、旧家时[7]。

　　银河流转，又到了秋凉生枕的季节。深夜帘幕低垂，泪水浸湿了"枕簟"。词人再也无法在冰凉的簟席上安卧下去，只好"起解罗衣聊问夜何其"。词人在无眠中起床来到户外，所见的是"莲蓬"枯小，"藕叶"稀疏。面对的"天气"和身披的罗衣，都与南渡之前赵明诚在身边时相似，只是眼前人去楼空，物是人非，词人的情怀已变，再也没有旧日的好心境了。结尾连续用三个"旧"与"时"字叠用，渲染出一种今昔对比的强烈效果，也显示出词人流转如珠的语言风格。

1　星河：银河的别称。杜甫《阁夜》："五更鼓角声悲壮，三峡星河影动摇。"
2　枕簟：枕头上铺的凉竹席。泪痕滋：泪越流越多，泪痕也在枕簟上蔓延开来。滋：滋长，蔓延。
3　聊：姑且。

4　夜何其：夜已到了几更。《诗经·庭燎》："夜如何其？夜未央。"其(jī)：语助词。

5　贴：通"帖"。将做好的图案缝到衣裳上。温庭筠《菩萨蛮》："新帖绣罗襦，双双金鹧鸪。"

6　金销：指旧衣服上金色的图案色泽淡褪。销：褪落。藕叶：这里指缝到衣服上的图案。

7　旧家：从前。

声声慢

　　寻寻觅觅，冷冷清清，凄凄惨惨戚戚[1]。乍暖还寒时候[2]，最难将息[3]。三杯两盏淡酒[4]，怎敌他[5]、晚来风急。雁过也，正伤心，却是旧时相识。　　满地黄花堆积[6]。憔悴损[7]，如今有谁堪摘[8]？守著窗儿，独自怎生得黑[9]？梧桐更兼细雨[10]，到黄昏、点点滴滴。这次第[11]，怎一个、愁字了得[12]？

　　词人在下意识中开始寻觅，结果是如梦初醒，感觉到周围的"冷冷清清"。于是，"凄凄惨惨戚戚"的悲苦意绪便汹涌而来。"乍暖还寒"的不适，"三杯两盏淡酒"来抵寒，都是坏情绪的作用。词人转而欣赏景物，意图排遣愁绪。然仰望则见寥天过雁，俯视则见满地残菊。词人越发感觉到度日如年了："守著窗儿，独自怎生得黑？"北方人特别不习惯南方的连绵细雨，异乡独特的环境景物，提醒着词人背井离乡的难堪。细雨连绵不断，今夜又将是一个失眠的夜晚。结句恰如其分地写出了词人"守著窗儿"，越想安宁越得不到安宁，越想摆脱越无法摆脱，思绪万千、心潮翻滚的特定心境。

1　凄凄惨惨戚戚：指心境的凄凉、愁苦、悲伤。戚戚：忧伤的样子。

2　乍暖还寒时候：冷暖不定的季节。张先《青门引》："乍暖还轻冷。"一年之中，有春夏之交与深秋季节是"乍暖还寒"，根据下文可知，这里指的是深秋时节。乍：突然，骤然。

3　将息：唐宋时方言，休息、保养之意。

4　淡酒：薄酒，酒味不浓的酒。

5　敌：抵挡。

6　黄花：菊花。

7　损：极点。指憔悴至极。

8　有谁：有何，有什么。堪摘：可供采摘。

9　怎生：怎么。生：语助词。得：到，捱到。

10　梧桐更兼细雨：用白居易《长恨歌》"春风桃李花开日，秋雨梧桐叶落时"诗意。

11　次第：犹言光景，情形。

12　了得：概括完毕。

添字丑奴儿

　　窗前谁种芭蕉树？阴满中庭，阴满中庭。叶叶心心，舒卷有余情。　　伤心枕上三更雨，点滴霖霪[1]，点滴霖霪。愁损北人[2]，不惯起来听。

　　黄梅季节，雨打芭蕉，发出淅淅沥沥的声响，"北人"何曾听过。对于渡江南来的"北人"来说，无论漂泊到南方的何地，无论在此地居住多长时间，始终没有家乡的认同感，居无定所的惶恐不安永远追随着词人。于是，眼前"叶叶心心，舒卷有余情"的芭蕉，便成了愁眉紧锁、愁怀不开之词人的反衬物。三更半夜，辗转难眠，听到如此"点滴霖霪"的雨点敲打着芭蕉时，就特别引起"北人不惯"的感觉，不免增添失去故土的伤痛与复国无望的深愁。这叫卧床的"北人"实在无法忍受下去了，只得披衣"起来听"。"起来听"恐怕也难以缓解愁痛，词人今晚必将无奈地忍受下去。

1　霖霪：指雨点连绵不断，滴滴答答下个不停。凡雨自三日以上为霖，久雨为霪。

2　愁损：因愁苦过度而伤害了身体与精神。北人：李清照的家乡在长江以北的山东济南，故自称"北人"。

念奴娇

萧条庭院[1]，又斜风细雨，重门须闭[2]。宠柳娇花寒食近[3]，种种恼人天气[4]。险韵诗成[5]，扶头酒醒[6]，别是闲滋味[7]。征鸿过尽[8]，万千心事难寄。　　楼上几日春寒，帘垂四面，玉阑干慵倚[9]。被冷香消新梦觉[10]，不许愁人不起。清露晨流，新桐初引[11]，多少游春意？日高烟敛[12]，更看今日晴未？

冷冷清清的"萧条庭院"，词人要忍受"斜风细雨"的侵袭，只能"重门须闭"，躲避外界的伤害。在"宠柳娇花"的烂漫春天，词人所关注的却是接近寒食时节的细雨霏霏、点滴霖霪的黄梅天气。词人依赖"险韵诗""扶头酒"来打发光阴，当"诗成酒醒"后，却只留下一番无言诉说的"闲滋味"，让词人苦涩地、无休止地咀嚼。家乡已经沦落，丈夫已经去世，词人的一腔情思、一腔哀思还能寄到哪里、寄给谁呢？"被冷香消"，又是一场令人辗转反侧的噩梦。当"愁人"被迫起床，新的一天新的一轮折磨又将开始。

1　萧条：寂寞冷落。

2 重门:一道又一道门。

3 宠柳娇花:形容春日里柳与花的娇媚。寒食:节令名。古人以清明前二日为寒食节。这句指到了花柳娇媚接近寒食节的大好春季了。

4 恼人:让人心烦意乱。

5 险韵:作诗用韵部很窄的难押之字或不常见的僻字押韵,称之为用"险韵"。这可以表现诗人作诗的熟练技巧。

6 扶头酒:酒性浓烈、使人易醉的酒。因酒后头晕,故称。

7 别:另。闲滋味:闲愁的滋味。这句意思是另外有一番愁苦的滋味。

8 征鸿:空中飞过的大雁,传说大雁能够传递书信。词人此时已经没有书信可寄,却故意埋怨"征鸿过尽"。

9 玉阑干:栏杆的美称。慵:懒得,慵懒。

10 被冷香消:被窝冷了,香炉里的香燃尽了。暗指夜深而不能入眠。

11 "清露"二句:用《世说新语·赏誉》成句。初引:枝叶才生长。

12 敛:收敛。指太阳高高升起,烟雾散去。

诗　选

浯溪中兴颂诗和张文潜二首[1]

其　一

五十年功如电扫[2]，华清花柳咸阳草[3]。五坊供奉斗鸡儿[4]，酒肉堆中不知老[5]。胡兵忽自天上来[6]，逆胡亦是奸雄才[7]。勤政楼前走胡马[8]，珠翠踏尽香尘埃[9]。何为出战辄披靡[10]？传置荔枝多马死[11]。尧功舜德本如天[12]，安用区区纪文字[13]。著碑铭德真陋哉[14]，乃令鬼神磨山崖[15]。子仪光弼不自猜[16]，天心悔祸人心开[17]。夏商有鉴当深戒[18]，简策汗青今具在[19]。君不见，当时张说最多机[20]，虽生已被姚崇卖[21]。

这首诗触及大唐帝国由盛转衰的深层历史原因。首先，李清照追究了"安史之乱"之所以爆发的现实原因。唐玄宗过着"酒肉堆中不知老""传置荔枝多马死"的极度穷奢极欲的糜烂生活，最终导致"胡兵忽自天上来"的奇祸。其次，李清照批判了唐人的浅陋。明明是国家的一场大灾难，反而"著碑铭德"，粉饰现实。再次，李清照透过中兴的光环，看到唐王朝"子仪光弼不自猜"之类的潜伏危机。唐王朝经过这场灾乱，并没有反思"张说"与"姚崇"之类钩心斗角而逐渐积蓄起来的政治危机所导致的严重后果。张说、姚崇,向来被认为是唐玄宗在位期间难得的贤相,李清照却把灾难的根源一直追溯到他们身上。李清照目光之独特与深刻,可见一斑。

1　洭溪中兴颂:指唐代元结所撰的《大唐中兴颂》,作于唐肃宗上元二年(761)。王象之《舆地纪胜》卷五十六:"《大唐中兴颂》,在祁阳洭溪石崖上,元结文,颜真卿书,大历六年刻,俗谓之《摩崖碑》。"洭溪,在今湖南祁阳。和张文潜:依张文潜原诗所作。张耒,字文潜,"苏门四学上"之一。元符年间,张耒作《洭溪中兴颂》七言歌行。此诗流传开来以后,在当时的影响非常广泛,黄庭坚、潘大临等著名诗人都有和作。李清照因此跃跃欲试,和诗二首。

2　五十年:指唐玄宗在位的时间。唐玄宗先天元年(712)登基,天宝十五载(756)退位,共在位四十五年。"五十年"是约略的说法,唐人已习惯这种说法。如电扫:形容唐玄宗在位业绩辉煌,而又匆匆过去。

3　华清:宫殿名,在陕西临潼骊山。当时,唐玄宗与杨贵妃经常到这里作乐。咸阳:地名,秦始皇建都之地,今属陕西。

4　五坊:唐代设置的机构,为皇帝出猎而提供服务。供奉:官职名,在皇帝左右供职的诸多官员皆称供奉。斗鸡儿:饲养斗鸡的小孩。唐玄宗喜欢斗鸡,专门选录大量小孩饲养斗鸡。

5　酒肉堆:指生活奢侈糜烂。据说纣王穷奢极欲,有"酒池""肉林"之说。

6　胡兵:指安禄山、史思明叛军。安禄山、史思明都是少数民族,即"胡人"。他们的部队,亦称"胡兵"。"胡"是古代对少数民族的一种称谓。忽自天上来:形容安史叛军来势之凶猛和突然。

7　逆胡:指安禄山与史思明。奸雄:奸诈而有欺世之才者。

8　勤政楼:"勤政务本之楼"的简称,唐玄宗建,是唐玄宗赐宴的处所。

9　珠翠踏尽香尘埃:指宫殿内的珠宝翠玉尽被胡兵铁骑胡乱践踏。

10　辄:就,总是。披靡:溃败。

11　传置荔枝多马死:指骏马兼程急送荔枝,沿途要倒毙多匹骏马。苏轼《荔支叹》:"颠坑仆谷相枕藉,知是荔支龙眼来。"

12　尧功舜德:尧舜的丰功美德。尧舜是上古传说中的贤君。如天:像上天一样光辉浩大。

13　区区:不重要,渺小。

14　著碑铭德:撰写碑文铭记功德。指唐人作《摩崖碑》一事。陋:浅陋,浅俗。

15　磨山崖:指《摩崖碑》。

16　子仪:郭子仪,唐代名将。玄宗时,累迁朔方节度使,是平

定"安史之乱"的主要功臣,封汾阳王。光弼:李光弼,唐代名

将,是平定"安史之乱"的主要功臣,授天下兵马都元帅,封淮

郡王。自猜:被自己人相互猜疑。指来自皇帝的猜疑。

17　天心悔祸:指上天为给人间所带来的灾祸而悔恨。古人

信奉"天人合一",人间的灾祸应该是上天所赐予的。天心同

时喻指帝王之心。这句暗示皇帝为"安史之乱"而悔恨。

18　夏商有鉴:以夏与商的历史为借鉴。鉴,镜子。

19　简策汗青:指史书。古代书策由竹简编成,为了便于书写

和长久保存,需要将竹简放到火上烤干。烤烧的时候,竹简出

水如汗,称"汗青"。

20　张说:字道济,一字说之,洛阳人。唐玄宗时官至宰相,

颇多作为。然张说与当时的另外一位宰相姚崇不合。姚崇告

死,死前计诓张说为他作碑文,借以保全家族。

21　姚崇:初名元素,又名元之,陕州(今河南陕县)人。唐玄

宗时为宰相,号称"名相"。

其　二

　　君不见,惊人废兴传天宝[1],中兴碑上今

生草[2]。不知负国有奸雄[3],但说成功尊国老[4]。

谁令妃子天上来[5]？虢秦韩国皆天才[6]。花桑羯

鼓玉方响[7],春风不敢生尘埃[8]。姓名谁复知安

史[9]？健儿猛将安眠死。去天尺五抱瓮峰[10]，峰头凿出开元字[11]。时移势去真可哀，奸人心丑深如崖[12]。西蜀万里尚能反[13]，南内一闭何时开[14]？可怜孝德如天大[15]，反使将军称好在[16]。呜呼！奴辈乃不能道辅国用事张后尊[17]，乃能念春荠长安作斤卖[18]。

李清照进一步对历代文人"不知负国有奸雄，但说成功尊国老"的诔颂作风表示了极端的不满，对后人"姓名谁复知安史？健儿猛将安眠死"的不知反思历史的健忘症深感忧虑。李清照要重提杨贵妃姊妹祸国殃民和唐玄宗奢侈糜烂的史实，以警示后人。尤其深刻的是，李清照还将笔触深入到玄宗、肃宗父子争权夺利、钩心斗角的龌龊一面。帝王家的残酷斗争比"安史之乱"还要可怕，完全揭穿了帝王标榜"孝德"的假面目。面对帝王之尊，李清照依然独立发表见解，个性之强迥异于他人。最后，李清照谴责了肃宗朝李辅国、张皇后的勾结专权，暗示唐王朝的又一场动乱正在酝酿之中。

1　惊人废兴传天宝：天宝十五载（756），唐玄宗因"安史之乱"而被迫退位，由儿子李亨登基，继任皇位。天宝，唐玄宗年号。

2 中兴碑：指《摩崖碑》。

3 奸雄：指安禄山、史思明等叛贼。

4 国老：国中老成之人，往往指对国家有功、退休的朝廷重臣。这里指郭子仪、李光弼等平定"安史之乱"的功臣。

5 妃子：指杨贵妃。天上来：用来夸张杨贵妃容貌出众，不是凡间常人。

6 虢（guó）秦韩国：指杨贵妃的三姊妹。天才：形容她们容貌美丽如天人。

7 花桑羯（jié）鼓："花桑"语意不详。羯鼓，乐器名。南卓《羯鼓录》称"以山桑木为之"。故有学者怀疑"花桑"即"山桑"。羯鼓形状似漆桶，设立在牙床之上，以两杖击之。唐玄宗尤其擅长击羯鼓。方响：乐器名。

8 春风不敢生尘埃：形容音乐声之美妙，使得春风也不敢吹起尘埃。

9 安史：安禄山与史思明。

10 去天尺五：杜甫《赠韦七赞善》自注："俚语：城南韦杜，去天尺五。"指当时韦、杜两家门庭高贵，多出达官，与皇帝接近。这里极言其高。抱瓮（wèng）峰：疑即瓮肚峰。郑棨《开天传信记》载："华岳云台观中方之上，有山崛起如半瓮之状，名曰瓮肚峰。上尝赏望，嘉其高迥，欲于峰头大凿'开元'二字，填以白石，令百余里望见。谏官上言，乃止。"

11　峰头凿出开元字：用瓮肚峰故事，见上注。

12　奸人：指在皇帝身边拨弄是非的小人，这里指肃宗身边的李辅国等人。深如崖：形容用心险恶深远。

13　西蜀万里："安史之乱"期间，唐玄宗逃难到了西蜀。反：通"返"。

14　南内：唐京都长安，有大内、西内、南内三宫。南内即兴庆宫，本为唐玄宗旧邸，开元二年以为兴庆宫。后为唐玄宗听政之处。因在大内南面，故称南内。唐玄宗从流亡中回到京城，被李辅国等所逼，迁往西内，再也不能去南内了。故称"南内一闭"。

15　可怜：可惜。孝德：封建统治者标榜以孝治天下，将孝德推尊到最重要的位置。唐肃宗逼迫父亲唐玄宗的种种行为，是有悖"孝德"的，李清照这里反语讽刺。

16　将军：指唐玄宗亲信宦官高力士。高力士于开元初为右监门卫将军，天宝七载官至骠骑大将军。高力士显赫时，自玄宗开始，都以"将军"称之。《新唐书·高力士传》："帝或不名，而称将军。"好在：好吗，是慰问辞。

17　辅国：李辅国玄宗时为阉奴，肃宗时得宠信，权势显赫。后肃宗也厌恶李辅国，欲诛灭之，却因畏其掌握兵权，犹豫而不敢举动。张后：肃宗皇后，与李辅国相互勾结。肃宗非常畏惧张后，甚至因此不敢到西内见太上皇。张后因争权，后被李辅国所杀。

18　春荠长安作斤卖：无名氏《高力士外传》："园中见荠菜，士人不解吃，便赋诗曰：'两京称斤卖，五溪无人采。夷夏虽有殊，气味应不改。'使拾之为羹，甚美。"最后两句指世人只知道谴责玄宗宠信高力士、杨贵妃之祸国殃民的罪行，而不知道责备肃宗宠信李辅国、张皇后的过失。

分得知字[1]

学语三十年[2]，缄口不求知[3]。谁遣好奇士[4]，相逢说项斯[5]？

这首诗应该是李清照三十六七岁时的作品。这次分韵，李清照分得"知"字。李清照的才艺，在闺中女伴中当然是独占鳌头，闺中不乏到处为她揄扬名声的崇拜者。所以，李清照开玩笑说：自己学习写诗三十年，并不企求依赖诗歌扬名。而"好奇士"却"相逢说项斯"，处处推崇。李清照用"说项"此典，幽默地感谢诗友对自己的推崇。这些活动，是李清照在青州独居时寂寞无奈中的消遣，也丰富了她的日常生活。

1　分得知字：这是一次类似诗社的集体活动，李清照在这次分韵作诗活动中，分到"知"字为韵。

2　学语：此处指学习作诗。

3　缄口：闭口。缄：封。

4　好奇士：喜欢新奇作品的人，这里指喜欢自己诗歌的同伴。

5　相逢说相斯：项斯是唐代文人，字子迁。未成名时，以诗卷拜谒杨敬之，深得赏识，杨敬之赠诗说："几度见诗诗尽好，及观标格过于诗。平生不解藏人善，到处逢人说项斯。"项斯由此名声大振，得意考中进士。"说项"的典故因此而来。

感　怀

　　宣和辛丑八月十日到莱[1]，独坐一室，平生所见，皆不在目前。几上有《礼韵》[2]，因信手开之，约以所开为韵作诗[3]。偶得"子"字，因以为韵，作感怀诗。

　　寒窗败几无书史[4]，公路可怜合至此[5]。青州从事孔方兄[6]，终日纷纷喜生事[7]。作诗谢绝聊闭门[8]，燕寝凝香有佳思[9]。静中吾乃得至交，乌有先生子虚子[10]。

　　李清照来到莱州这个完全陌生的环境，所居之室，年久失修，寒窗残破，桌几败损。李清照用两个典故，以怨怼的口气数说美酒与金钱。人们正是有了对美酒之类的口腹之欲和对金钱的追求向往，才有了离家的四处奔波，李清照与赵明诚才不得已放弃多年潇洒自在的闲居生活。赵明诚需应付公门百事，李清照独坐空室。李清照怎能不怨恨"青州从事孔方兄"的"终日纷纷喜生事"呢？"作诗谢绝聊闭门"是自我安慰、自我排解之辞。离家奔波，就是为了与赵明诚团聚，如今却枯坐空室。李清照按捺不住满腹的牢骚，自称在无边的寂静中干脆与虚有的人物结为"至交"算了，也不指望赵明诚回家陪伴了。

1　宣和辛丑：宋徽宗宣和三年（1121）。莱：莱州（今山东莱州）。赵明诚这一年出任莱州地方长官，因此接青州老家的李清照前去团聚。

2　几：桌几。《礼韵》：韵书，即《礼部韵略》，五卷。这是宋代官方颁布的韵书，考试以此为依据。

3　约以所开为韵作诗：指随手翻到《礼韵》的哪一韵字，便以其为韵脚作诗。

4　寒窗：贫寒住所的窗户，代指居所的简陋。败几：破败的几案。

5　公路：是东汉末年袁术的字。袁术穷途末路的时候，士众绝粮，询问厨下，军中只剩麦屑三十斛。时值盛夏，袁术欲得蜜浆，军中又无蜜。于是，袁术叹息说："袁术至于此乎！"呕血一斗有余而死。李清照用这个典故，夸张地描写室中的空无所有。

6　青州从事：指美酒。《世说新语·术解》载：桓温手下有一主簿，善于辨别酒的优劣，所以，桓温饮酒之前总是让他先品尝。该主簿称佳酿为"青州从事"，称劣酒为"平原督邮"。因为青州有齐郡，喻酒力一直舒畅到脐部（"齐"字谐音）；而平原有鬲县，喻劣酒味停留在胸腹腔间的隔膜（"鬲"字谐音），难以下咽。孔方兄：指钱，古时铜钱内方外圆，故戏称其为"孔方兄"。

7　生事：惹是生非。

8　谢绝：指拒绝与外界的来往。聊：姑且，暂且。

9　燕寝凝香：典出唐代诗人韦应物《郡斋雨中与诸文士燕集》之"燕寝凝清香"。"燕寝"指地方官员的公馆，这里代指李清照与赵明诚夫妇此时居住的莱州官府公馆。佳思：作诗时好的构思。

10　乌有先生子虚子：乌有与子虚都是指虚构的人物。本来是西汉司马相如《子虚赋》中虚构的人物，取名之意指根本没有这样的人物存在。

春 残

春残何事苦思乡？病里梳头恨发长。梁燕语多终日在[1]，蔷薇风细一帘香。

诗人开篇就追问："春残何事苦思乡？"李清照找到一个托词："病里梳头恨发长。"李清照表面上是这样自我解释、自我安慰的，原因是病中身体乏力。这其实是一种借口。李清照完全可以让婢女为她梳妆嘛。事实上是赵明诚忙于公务，冷落了李清照，她就有了"为谁梳妆"的倦怠，懒洋洋打不起精神。这里依然是"女为悦己者容"心态的隐晦表达，也是对丈夫隐隐的埋怨。后两句过渡到长日的寂寞无聊。只能静听"梁燕语多终日在"，空自羡慕梁燕的双飞双栖、呢喃私语；只能远闻"蔷薇风细一帘香"，徒劳怨叹无人相伴赏花游春。

1　梁燕语多：欧阳修《蝶恋花》："梁燕语多惊晓睡，银屏一半堆香被。"

晓　梦

　　晓梦随疏钟[1]，飘然蹑云霞[2]。因缘安期生[3]，邂逅萼绿华[4]。秋风正无赖[5]，吹尽玉井花[6]。共看藕如船，同食枣如瓜[7]。翩翩坐上客[8]，意妙语亦佳[9]。嘲辞斗诡辩[10]，活火分新茶[11]。虽非助帝功[12]，其乐莫可涯[13]。人生能如此，何必归故家？起来敛衣坐[14]，掩耳厌喧哗[15]。心知不可见，念念犹咨嗟[16]。

　　晓梦中，诗人踩着云霞，飘然升天而去，不意邂逅了仙人安期生、萼绿华等。仙人们殷勤招待着诗人，摆出"如船"之肥大的河藕、"如瓜"之硕大的枣子，以及芬芳的"新茶"。诗人与他们有了一种智慧的交锋，一种心灵的沟通，向往清净自由的李清照于是感觉到"其乐莫可涯"。诗人因此感叹："人生能如此，何必归故家？"结尾四句写梦醒后对现实的不耐和对梦境的留恋。现实中只有令人厌倦的"喧哗"，但诗人却不得不置身于这种环境之中。诗人虽然明白仙境或梦境是"不可见"的，却依然"念念"不忘，咨嗟不已。

1　晓梦：拂晓时刻做的梦。疏钟：疏落的钟声。

2　蹑(niè)：踩，踏。

3　因缘：原为佛家语，这里作"遇见"理解。安期生：秦时仙人。

4　邂逅(xiè hòu)：没有相约而遇见。《诗经·郑风·野有蔓草》："邂逅相遇，适我愿兮。"郑笺："不期而会，适其时愿。"萼绿华：传说中的仙女。

5　无赖：无奈。秦观《浣溪沙》："漠漠轻寒上小楼，晓阴无赖似穷秋。"

6　玉井花：语本韩愈《古意》："太华峰头玉井莲，开花十丈藕如船。"下句"藕如船"典亦出此。

7　枣如瓜：《史记·封禅书》载："李少君曰：君尝游海上，见安期生。安期生食巨枣，大如瓜。安期生仙者，居蓬莱，合则见人，不合则隐。"

8　翩翩：形容举止大方，姿态优美。

9　意妙语亦佳：指语意高妙，谈吐高雅。

10　嘲辞：幽默诙谐的言语。斗：争锋，争斗。诡辩：这里指擅长辩驳。这句指座中仙人相互以幽默的语言辩驳争锋，显示才智。

11　活火：跳动的火焰。分新茶：分茶是宋人品茶的一种方式。大概是用茶匙取茶水，倾注茶杯之中，谓之分茶。

12　助帝功：帮助帝王治理天下的功业，指出仕为官。

13　莫可涯：没有边际。

14　敛衣：整理衣襟。这里整装是为了表示肃敬。

15　喧哗：指尘俗世界的纷扰杂乱。

16　咨嗟：叹息。

乌　江[1]

生当作人杰[2]，死亦为鬼雄[3]。至今思项羽[4]，不肯过江东[5]。

李清照不以成败论英雄。项羽活着的时候能够"力拔山兮气盖世"，是人中之杰；死时依然保持了高度的自尊，慷慨悲壮，是鬼中之雄，李清照对此表示由衷的敬仰。李清照用"人杰""鬼雄"两个典故来歌颂项羽，活得有声有色、出类拔萃，死得英武壮烈、可歌可泣。无论生死，都是顶天立地的男子汉。以项羽来对照南宋小朝廷里众多苟且偷生、没有廉耻的胆小懦弱者，李清照的愤慨贬斥之意一目了然。更重要的是，李清照企图以项羽为现实的榜样，鼓励人们振奋斗志，无论生死都应该昂然屹立于天地之间。面对入侵的外敌，应该将生死置之度外，留得英名在人间。

1　乌江：河流名，在安徽和县东北四十里。是楚霸王项羽兵败自刎之处。这首诗大约作于赵明诚建康任期之后。建炎三年（1129）三月赵明诚罢守建康，夫妻乘舟前往芜湖，曾路过和县乌江，此诗大约就作于此时。这首诗另外题作"夏日绝句"。

2　人杰：人中之杰出者。《史记·高祖本纪》："夫运筹帷帐之中，决胜于千里之外，吾不如子房。镇国家，抚百姓，给馈饷，不绝粮道，吾不如萧何。连百万之军，战必胜，攻必取，吾不如韩信。此三者，皆人杰也，吾能用之，此吾所以取天下也。项羽有一范增而不能用，此其所以为我擒也。"

3　鬼雄：鬼中之杰出者。《楚辞·九歌·国殇》："身既死兮神以灵，魂魄毅兮为鬼雄。"

4　项羽：楚人。秦末与其叔项梁起兵抗秦，为楚霸王，乃诸侯中势力最强大者。与刘邦争夺天下失败，自刎。

5　不肯过江东：《史记·项羽本纪》："于是项王乃欲东渡乌江。乌江亭长舣船待，谓项王曰：'江东虽小，地方千里，众数十万人，亦足王也。愿大王急渡。今独臣有船，汉军至，无以渡。'项王笑曰：'天之亡我，我何渡为！且籍与江东子弟八千人渡江而西，今无一人还，纵江东父老怜而王我，我何面目见之？纵彼不言，籍独不愧于心乎？'……乃自刎而死。"唐代在乌江建有项王祠。

偶　成[1]

十五年前花月底[2]，相从曾赋赏花诗。今看花月浑相似[3]，安得情怀似旧时[4]？

李清照曾陪伴赵明诚在青州度过了一段自由自在的美好时光，这一段夫妻家居的日子，在李清照看来是一生中最为怡然自得的。悼亡之际，首先回想起来的也是这一段美好时光。当年，两人携手赏花，相与赋诗，是多么优雅浪漫。如今"花月相似"，景物依旧，却物是人非，诗人自然就没有了"旧时"的情怀。结句是诗人的自我追问，其间有铭心刻骨的痛苦，不足与外人道，也无法用语言描述。

1　偶成：偶然有所感触，写成这首诗。事实上是永远无法忘怀与丈夫的恩爱之情，眼前有所见，便触发内心感受。"偶"字，在这里相当于"随处"。

2　十五年前：赵明诚于建炎三年（1129）去世，"十五年前"正是政和四年（1114），当时夫妻两人屏居青州。

3　浑：完全，全部。

4　安得：哪得。杜甫《茅屋为秋风所破歌》："安得广厦千万间，大庇天下寒士俱欢颜。"

上枢密韩肖胄诗二首 [1]

绍兴癸丑五月[2]，枢密韩公、工部尚书胡公使虏[3]，通两宫也[4]。有易安室者[5]，父祖皆出韩公门下[6]。今家世沦替[7]，子姓寒微[8]，不敢望公着车尘[9]。又贫病，但神明未衰弱[10]。见此大号令[11]，不能忘言，作古、律诗各一章，以寄区区之意[12]，以待采诗者云[13]。

其　一

三年夏六月[14]，天子视朝久[15]。凝旒望南云[16]，垂衣思北狩[17]。如闻帝若曰[18]，岳牧与群后[19]。贤宁无半千[20]，运已遇阳九[21]。勿勒燕然铭[22]，勿种金城柳[23]。岂无纯孝臣[24]，视此霜露悲[25]。何必羹舍肉[26]，便可车载脂[27]。土地非所惜[28]，玉帛如尘泥。谁当可将命，币厚辞益卑[29]。四岳佥曰俞[30]，臣下帝所知。中朝第一人，春官有昌黎[31]。身为百夫特[32]，行足万人师[33]。嘉祐与建中[34]，为政有皋夔[35]。匈奴畏王商[36]，吐蕃尊子仪[37]。夷狄已破胆[38]，将命公所宜。公拜手稽首[39]，受命白玉墀[40]。曰臣敢辞难[41]，此亦何等时[42]。家人安足谋[43]，妻子不必辞[44]。

愿奉天地灵[45]，愿奉宗庙威[46]。径持紫泥诏[47]，直入黄龙城[48]。单于定稽颡[49]，侍子当来迎[50]。仁君方恃信[51]，狂生休请缨[52]。或取犬马血[53]，与结天日盟[54]。胡公清德人所难，谋同德协心志安[55]。脱衣已被汉恩暖[56]，离歌不道易水寒[57]。皇天久阴后土湿[58]，雨势未回风势急。车声辚辚马萧萧[59]，壮士懦夫俱感泣。闾阁嫠妇亦何知[60]，沥血投书干记室[61]。夷虏从来性虎狼[62]，不虞预备庸何伤[63]。衮甲昔时闻楚幕[64]，乘城前日记平凉[65]。葵丘践土非荒城[66]，勿轻谈士弃儒生[67]。露布词成马犹倚[68]，崤函关出鸡未鸣[69]。巧匠何曾弃樗栎[70]，刍荛之言或有意[71]。不乞隋珠与和璧[72]，只乞乡关新信息。灵光虽在应萧萧[73]，草中翁仲今何若[74]？遗氓岂尚种桑麻[75]，残虏如闻保城郭[76]。嫠家父祖生齐鲁[77]，位下名高人比数[78]。当时稷下纵谈时[79]，犹记人挥汗成雨[80]。子孙南渡今几年？飘零遂与流人伍[81]。欲将血泪寄山河，去洒东山一抔土[82]。

　　开篇到"币厚辞益卑"为第一段，叙述朝廷派遣使臣的原因。使臣出使北方，经常被金人随意侮辱、扣留，甚至有性命之忧。于是，李清照热情地讴歌韩肖胄是"中朝第一人"，他的"家人安足谋，妻子不必辞"之公而忘私的精神，"径持紫泥诏，直入黄龙城"之视死如归的决心，大有"壮士一去兮不复还"的慷慨悲壮色彩。从"四岳佥曰俞"至"壮士懦夫俱感泣"为第二段，颂扬二位使臣的崇高品德，这是对抗金英雄的热情呼唤。联想到使臣将要到达的北方，李清照又不禁深切怀念沦陷区的"遗氓"，怀恋践踏于金人铁蹄之下的"乡关新信息"。从"闾阎嫠妇亦何知"至结尾为第三段，抒写自己的爱国情深。

1　枢密韩肖胄：韩肖胄，字似夫，韩琦曾孙。时任同签书枢密院事。《建炎以来系年要录》卷六十五绍兴三年五月："尚书吏部侍郎韩肖胄为端明殿学士、同签书枢密院事，充大金军前奉表通问使；给事中胡松年试工部尚书，充副使。"又卷六十六载韩、胡二人六月入辞启程。李清照这两首诗就是为送别二位使者出行而作。

2　绍兴癸丑：宋高宗绍兴三年（1133）。

3　胡公：字茂老，这次是以副使的身份陪同韩肖胄出使北方。使虏：出使金国。虏，是古代对少数民族的蔑称。其实，这次出使北方真正对答得体、不卑不亢、不辱使节身份的是胡松年。韩肖胄与胡松年到了北方，金人所立的傀儡政权伪齐皇帝刘豫打算让他们以臣下的身份拜见自己,韩肖胄不知所措,胡松年则立即针锋相对地回答:"都是宋臣。"因为刘豫原来是宋朝廷派遣的济南知府,投降金人以后被立为傀儡皇帝。胡松年的回答只承认刘豫的旧身份,而不理睬他的新位置,因此贬斥了刘豫数典忘祖、卖身求荣的无耻行径。刘豫又询问宋高宗的意向,胡松年回答说:"一定要恢复故国疆土。"刘豫大为沮丧(详见《宋史纪事本末》卷六十七《金人立刘豫》)。李清照写此送行诗,是从与韩家世交的角度出发,韩肖胄又是正使,而且李清照也不知道韩、胡到北方以后的言行,这里自然将更多的歌颂篇幅给了韩肖胄。

4　通:问候,通问。两宫:指徽宗与钦宗。时为金人俘虏,关押在北方。

5　易安:李清照与赵明诚屏居青州时,自号"易安居士"。取意于陶渊明《归去来兮辞》中名句"倚南窗以寄傲,审容膝之易安"。

6　父祖皆出韩公门下:韩肖胄曾祖韩琦,为仁宗、英宗、神宗三朝宰相,当时许多士人或朝廷官员都得到过他的荐引或任用。李清照的祖父与父亲,也都曾经有这样的经历,故李清照自称父祖都出其门下。

7　沦替:沦落,衰微。

8　子姓:子孙辈。寒微:贫寒低贱。

9　不敢望公着车尘：即望尘莫及的意思，"不敢"用作敬辞，表示远远不及。

10　神明：精神，理智。

11　大号令：指高宗让韩、胡二使者出使探望两宫的诏令。

12　区区：微薄，不重要，自谦之辞。

13　采诗者：据说古代帝王立采诗者，采集民歌，以了解民情。李清照是期待自己诗歌中所表达的意思，能引起朝廷的注意。

14　三年：绍兴三年。

15　视朝久：指宋高宗登基已经有一段时间了。高宗于建炎元年（1127）登基，到这时已经有七年时间了。

16　凝旒（liú）：天子的冕旒一动不动。形容皇帝端坐凝视，庄重严肃。旒，古代帝王冠冕前后所悬垂的玉穗。望南云：指思念亲人。

17　垂衣：原指帝王治理天下而太平。这里代指皇帝，即宋高宗。北狩：被俘北去的婉转表达，代指被俘北去的徽宗与钦宗。狩，原指帝王出巡。

18　帝：指高宗。若：如此，这样。

19　岳牧：相传尧舜时有四岳、十二州牧，分别管理政务与诸侯。这里代指朝廷百官。群后：即诸侯，代指朝廷百官。

20　贤宁无半千：古人用"半千"指特异贤能之士出现之时。这句的意思是朝廷群臣中难道没有贤能如员半千者？

21　阳九：指厄运。古代术数家以 4617 岁为一元，初入元之 106 岁，内有旱灾九年，称"阳九"。

22　勿勒燕然铭：《后汉书·窦宪传》载：窦宪率军大破北单于，"登燕然山，出塞三千里，刻石勒功，纪汉威德，令班固作铭。"燕然，山名，即今蒙古境内的杭爱山。这句指不是为了收复失地，像窦宪那样在燕然山刻石勒功。

23　勿种金城柳：用桓温北伐的故事。《世说新语·言语》："桓公北征，经金城，见前为琅邪时种柳，皆已十围，慨然曰：'木犹如此，人何以堪！'攀枝执条，泫然流泪。"金城，地名，今甘肃皋兰西南。这里以"种金城柳"代指北伐。这两句都是在转述高宗对使臣的交代，出使北方，不是为了北伐而作准备，仅仅是为了代高宗尽对父兄的孝思。李清照以讥讽的语气转述，表达了对朝廷议和的不满。

24　纯孝臣：《左传·隐公元年》："颍考叔，纯孝也，爱其母，施及庄公。"这里代指高宗。

25　霜露悲：指凄怆悲苦之情。

26　羹舍肉：颍考叔曾以舍肉的行为，启发郑庄公对母亲的孝思。

27　车载脂：用油脂涂车轴，可以行走快捷。

28　"土地"二句：高宗对使臣的嘱咐。意思是：金人如果让使臣见到徽宗与钦宗，土地与玉帛都在所不惜。事实上是高宗借孝思为自己的卖国求和寻找借口。

29　币厚：指奉献给金人丰厚的钱财。辞益卑：指使臣在金人面前言辞越发谦卑。

30　四岳：据说四岳是羲和之四子，分管四岳诸侯。佥曰：都说。俞：允许，允诺。是表示答应的语气词。

31　春官：礼部。唐代曾改礼部为春官，后便为礼部的代称。昌黎：韩愈，郡望昌黎，世称昌黎先生。韩愈卒赠礼部尚书。这里是用韩愈代指韩肖胄。

32　百夫特：众人之中最为杰出者。这里指韩肖胄。

33　万人师：堪为万人师表者。这里指韩肖胄。

34　嘉祐：宋仁宗年号，公元1056—1063年。时韩肖胄曾祖韩琦为宰相。建中：即建中靖国，宋徽宗年号，公元1101年。时韩肖胄祖父韩忠彦为宰相。

35　皋夔：贤能的大臣，代指韩琦与韩忠彦。皋：皋陶，舜时为狱官。夔：舜时为乐官。

36　匈奴：这里代指金人。王商：汉成帝母王太后之弟，曾为汉宰相。这里代指韩肖胄。

37　吐蕃尊子仪：《旧唐书·郭子仪传》载：永泰元年（765）八月，党项族首领仆固怀恩诱吐蕃、回纥、羌、浑等部族大军三十余万南侵，皇帝急召郭子仪，抗击入侵之敌。"子仪以数十骑徐出，免胄而劳之曰：'安乎？久同忠义，何至于是？'回纥皆舍兵下马齐拜曰：'果吾父也。'子仪召其首领，各饮之酒，与之罗锦，欢言如初。"郭子仪，唐代名将。玄宗时，累迁朔方节度使，是平定"安史之乱"的主要功臣，封汾阳王。这里代指韩肖胄。

38　夷狄：古代对少数民族的蔑称，这里代指金人。

39　稽首：古代的跪拜礼。这里写韩肖胄辞别高宗时的情景。

40　白玉墀（chí）：白玉的台阶。这里代指韩肖胄受命辞别高宗所在的宫殿。墀：台阶。

41　敢辞难：即国难当头，不敢推辞。

42　何等时：什么时候。

43　安：哪里。足：值得。谋：考虑，筹划。《建炎以来系年要录》卷六十六："肖胄母文安郡太夫人文氏闻肖胄当行，为言：'韩氏世为社稷臣，汝当受命即行，勿以老母为念。'帝称为贤母，封荣国夫人。"李清照诗歌所言，隐指此事。

44　妻子：妻子与儿女。辞：告辞。

45　天地灵：天地之灵气，正气。指韩肖胄出使秉天地之正气。

46　宗庙威：赵宋祖宗的神威。

47　紫泥诏：用紫泥所封的皇帝诏书。

48　黄龙城：地名，是金国国都，即今吉林农安。《宋史·岳飞传》："直抵黄龙府，与诸君痛饮耳。"

49　单于：少数民族的首领，这里指金国皇帝。稽颡（sǎng）：以额触地，行叩头致敬之礼。稽：稽首，叩头至地。颡：前额。

50　侍子:汉代匈奴或西域诸国国王遣子入侍皇帝,称"侍子",实际上相当于人质。这里指金国太子。

51　仁君:指宋高宗。恃信:讲究信用,遵守信诺。这句指宋高宗称自己要遵守和议,不愿开战。

52　狂生:轻狂言战的人。请缨:后世称自己请求参军杀敌为请缨。这句意思是:轻狂的人不要轻易说对北方金人开战。这两句都是反语讽刺。

53　犬马血:古人盟誓,要用犬马之血。

54　天日盟:指天盟誓。

55　谋同德协:指主张一致,同心同德。心志安:指意志坚定。

56　脱衣已被汉恩暖:指深受国恩。脱衣,即解衣。

57　离歌不道易水寒:用荆轲刺秦王的典故。这句用荆轲慷慨悲壮入秦的场面比拟韩肖胄的出使金国。

58　皇天久阴后土湿:语本《楚辞·九辩》:"皇天淫溢而秋霖兮,后土何时而得干。"这句与下句都是以天阴地湿、狂风急雨来比拟出使北方形势的险恶。

59　车声辚辚马萧萧:语本杜甫《兵车行》:"车辚辚,马萧萧,行人弓箭各在腰。"用以描述使者出行时的情景。

60　闾阎:民间。嫠(lí)妇:寡妇。闾阎嫠妇,李清照自称。此时赵明诚已经去世,李清照寡居。

61　沥血:滴血。即写血书。记室:古代官职名,相当于今天的秘书。这句指把自己的意见写成血书投送给使臣的"记室"，以求引起重视。

62　夷虏：古代对周边少数民族的蔑称，这里指金人。性虎狼：本性像虎狼一样的凶狠残暴。古人极端蔑视周边少数民族，时常把他们视作禽兽。

63　不虞预备：指要提高警惕，做好准备防范工作。不虞，不料。庸何伤：难道有什么伤害。庸，难道，岂。

64　衷甲昔时闻楚幕：《左传·襄公二十七年》："将盟于宋西门之外，楚人衷甲。"楚人欲利用这次盟会的时机袭击晋人，所以偷偷将铠甲穿在里面，准备作战。衷甲，将铠甲穿在衣服里面。衷，通"中"。这句以楚人的故事提醒使臣，金人可能背叛盟约，不守信用。

65　乘城前日记平凉：据《旧唐书》《资治通鉴》等史书记载，唐贞元三年五月十五日，浑瑊（jiān）与吐蕃在平凉结盟，吐蕃埋伏精锐骑兵数万人发动突然袭击，唐朝部队遭受重大损失。乘城：登城，指坚守城池。平凉：地名，在今甘肃。

66　葵丘：春秋时宋国地名，在今河南兰考东。践土：春秋时郑国地名，在今河南原阳西南。晋文公曾在此与齐、宋、郑、卫诸国会盟。葵丘与践土，这里都代指韩、胡二位使臣与金人见面的地方。

67　谈士：有口才能辩驳之士。这里指外交方面的才智之士。

儒生：书生。谈士与儒生这里都是指二位使臣。

68　露布：布告，无须封口，往往用作军中报捷。马犹倚：指写文章倚马可待，形容文思敏捷。这句是夸奖韩肖胄的文才出众。

69　崤函关出鸡未鸣：崤函关，即指函谷关，在今河南灵宝南。这句写使臣起早贪黑、日夜兼程赶路。既写出路途的艰辛，也写出使臣的忠于王命。

70　樗栎(chū lì)：两种乔木，木材不中用。这里用作自谦之词，言自己虽然如樗栎一样不才，但巧匠还是可以有所使用的。

71　刍荛(chú ráo)：割草砍柴的人。引申为草野之民，用作自谦之词。刍，割草。荛，砍柴。这句指自己的言论虽是草野之见，多少也有益处。

72　隋珠：月明珠。和璧：即和氏璧。这句言不要求使臣到北方能获得珍宝。

73　灵光：宫殿名，汉景帝子鲁恭王所建，古址在今山东曲阜东。这里代指北宋残存的宫殿。萧萧：萧条冷落的样子。

74　翁仲：守护宫殿的铜人，或守护墓道的石人。阮翁仲，秦始皇时人，身体高大，勇猛异常。率兵守临洮，声震匈奴。死后铸像以为守卫，后代沿袭之。这里指北宋宫殿前的守护铜像。何若：怎么样。

75　遗氓：遗民。这句是诗人关心北宋遗民现在的生活状况。

76　残虏：破败残存的敌人，这里指金人。如：好像。

77　嫠家：寡妇之家，李清照自指。齐鲁：今山东一带。李清照是今山东济南人，故称。

78　比数：可以与名人比高低。指自己祖父与父亲在当地都有名望。

79　稷下：地名，在今山东淄博。战国时属齐国，当时此地学者能人云集，称"稷下先生"。

80　挥汗成雨：形容人多。以上两句回忆祖父与父亲在世时家乡济南人才的鼎盛以及繁华喧闹。

81　飘零：漂泊流浪。流人：逃难流亡的人。

82　东山：鲁地山名。一抔（póu）土：一捧土。抔，用手捧东西。

其　二

　　想见皇华过二京[1]，壶浆夹道万人迎[2]。连昌宫里桃应在[3]，华萼楼前鹊定惊[4]。但说帝心怜赤子[5]，须知天意念苍生[6]。圣君大信明如日[7]，长乱何须在屡盟[8]。

　　这首诗设想使臣到了北方以后的所见所闻。作为故国

的使者,他们肯定会受到北方遗民"壶浆夹道万人迎"的盛大
欢迎。遗民的态度,是北伐的希望之所在。其次,使臣还将看
到故国宫殿的残破败坏。这应该激发南宋君臣卧薪尝胆,以
图复仇。有了这些见闻,朝廷苟且偷安还假借"帝心怜赤子"
的名义,是多么可耻。只有北伐收复失地,才是"念苍生"的
最好作为。李清照所设想使臣的这一系列见闻,又证实与金
人"屡盟"的不可信任。李清照借题发挥,发表自己关于南北
关系的见解,以及自己对国家大事的意见,这是一种积极的参
政、议政意识的表现。

1　皇华:颂使臣之辞,这里指韩、胡二位。二京:南宋使臣北
去,要经过北宋的南京(今河南商丘)与东京(今河南开封)。

2　壶浆:古代百姓以壶盛浆慰劳欢迎自己的军队。这里指使
臣北上一定会受到故国百姓的热烈欢迎。

3　连昌宫:唐宫殿名,唐高宗显庆三年(658)置,旧址在今河
南宜阳。这里代指北宋宫殿。

4　华萼楼:即"花萼楼",唐玄宗建。旧址在今西安市兴庆公
园。这里代指北宋的宫殿。鹊定惊:即鹊定喜。这句指北宋
旧宫殿的喜鹊将因故国的使臣来到而惊飞。

5　赤子:婴儿。引申为子民百姓。

6　天意:上天之意。苍生:百姓。

7　大信:诚守信誉。这句指宋高宗求和心切,坚守议和盟约。

8 "长乱"句:长乱,滋长动乱。这句指与金人屡次订立盟约,
或者还要助长动乱,但原因并不只有这一端。诗人隐指南宋
君臣屈膝议和的政策才是"长乱"的根源。

题八咏楼 [1]

千古风流八咏楼[2]，江山留与后人愁[3]。水通南国三千里[4]，气压江城十四州[5]。

李清照闲居无聊，孤独苦闷，便时而登临山水，以排遣愁绪。这次登临八咏楼，所见的是山河壮丽，气象开阔，名胜古迹，千古风流。但诗人却冷冷地插入一句"江山留与后人愁"。眼前的"水通南国三千里，气压江城十四州"之辽阔无垠、气势雄伟，只能引起李清照的故国之愁思。遥远的北方，已经蹂躏于敌人的铁蹄之下；南方国土，也正狼烟四起，战火弥漫。如果不奋起抗击入侵之敌，眼前的辽阔大好河山，不久当沦落于敌手，也将"留与后人愁"。这首诗气魄宏大，展现出李清照开阔的心胸。

1　八咏楼：原名元畅楼，南朝齐隆昌元年（494）沈约知婺州时所建，旧址在今浙江金华。沈约且有《元畅楼八咏》诗。宋太宗至道年间，冯伉知婺州，据沈诗更名。与双溪楼、极目亭等并为婺州登临名胜之处。

2　风流：风韵，风采。

3　"江山"句：当时李清照因逃避金人入侵之战乱，逃难到金华,故称"江山留与后人愁"。

4　南国:泛指南方。

5　十四州:《宋史·地理志》"两浙路":"府二:平江,镇江。州十二:杭、越、湖、婺、明、常、温、台、处、衢、严、秀。"合起来通称十四州。

钓　台[1]

　　巨舰只缘因利往，扁舟亦是为名来[2]。往
来有愧先生德[3]，特地通宵过钓台[4]。

————

　　晚年逃难途中的李清照，思虑所及自然以国事居多。看
见富春江上络绎往来不绝的"巨舰"与"扁舟"，想起国事的日
益不堪，身为女子又无法投身疆场、报效国家，李清照不禁对
应当担负起重整家国大任的男子产生了贬斥批判的心理。正
是因为这些男子往来只是为了名与利，才导致国事日益不堪，
才使得李清照一再颠簸逃难。李清照从严子陵的高风亮节联
想开来，一笔囊括了南宋小朝廷中鼠目寸光、苟且偷生的无耻
之徒，给他们以无情的斥责。

————

　　1　钓台：相传是东汉严子陵垂钓的地方。西汉末年，严光（字
　　子陵）与刘秀一同游学，有交情。刘秀称帝，严子陵一再拒绝
　　出来做官，隐居在浙江富春江。其垂钓之处，后人称为"钓
　　台"。此地又名"严滩"。这首诗另外一个题目是"夜发严滩"。
　　2　"巨舰"二句：郎瑛《七修类稿》卷三十载："汉严子陵钓
　　台，在富春江之涯。有过台而咏者，曰：'君为利名隐，我为利
　　名来。羞见先生面，黄昏过钓台。'"此外，范仲淹也有《钓

台》诗,云:"子为功名隐,我为功名来。羞见先生面,黄昏过钓台。"李清照概括前人诗意,写成这两句。

3　先生德:范仲淹守桐庐时,在钓台处建"严先生祠堂",并为之作记,其中云:"先生之德,山高水长。"后来,李觏改"德"为"风"。先生:指严子陵。

4　特地:特意。这句化用"羞见先生面,黄昏过钓台"诗意。

附　录

词 论

乐府、声诗并著[1]，最盛于唐。开元天宝间[2]，有李八郎者[3]，能歌擅天下[4]。时新及第进士开宴曲江[5]，榜中一名士先召李[6]，使易服隐姓名[7]，衣冠故敝[8]，精神惨沮[9]，与同之宴所[10]，曰："表弟愿与坐末[11]。"众皆不顾。既酒行，乐作，歌者进，时曹元谦、念奴为冠[12]。歌罢，众皆咨嗟称赏[13]。名士忽指李曰："请表弟歌。"众皆哂[14]，或有怒者。及转喉发声，歌一曲，众皆泣下，罗拜曰[15]："此李八郎也。"自后郑卫之声日炽[16]，流靡之变日烦[17]，已有《菩萨蛮》《春光好》《莎鸡子》《更漏子》《浣溪沙》《梦江南》《渔父》等词[18]，不可遍举。五代干戈[19]，四海瓜分豆剖[20]，斯文道熄[21]。独江南李氏君臣尚文雅[22]，故有"小楼吹彻玉笙寒""吹皱一池春水"之词[23]。语虽奇甚，所谓"亡国之音哀以思"者也[24]。逮至本朝[25]，礼乐文武大备。又涵养百余年[26]，始有柳屯田永者[27]，变旧声作新声[28]，出《乐章集》[29]，大得声称于世[30]。虽谐音律[31]，而词语尘下[32]。又张子野、宋子京兄弟、沈唐、元绛、晁次膺辈继出[33]，虽时时有妙语，而破碎何足名家[34]。至晏元献、欧阳永叔、苏子瞻[35]，学际天人[36]，作为小歌词，直如酌蠡水于大海[37]，然皆句读不葺之诗尔[38]。又往往不协音律者，何邪？盖诗文分平侧[39]，而歌词分五音[40]，又分五声[41]，又分六律[42]，又分清浊轻重[43]。且如近世所谓《声声慢》《雨中花》《喜迁莺》[44]，既押平声韵，又押仄声韵；《玉楼春》本押平声韵[45]，又押上、去声，又押入声。本押仄声韵，如押上声则协，如押入声则不可歌矣。王介甫、曾子固[46]，文章似西汉[47]，若作一小歌词，则人必绝倒[48]，不可读也。乃知别是一家[49]，知之者少。后晏叔原、贺方回、秦少游、黄鲁直出[50]，始能知之。又晏苦无铺叙[51]，贺少典重[52]。秦即专主情致[53]，而少故实[54]，譬如贫家美女，虽极妍丽丰逸[55]，而终乏富贵态。黄即尚故实，而多疵病[56]。譬如良玉有瑕[57]，价自减半矣。

李清照用唐代李八郎故事入手，追溯了唐玄宗开元、天

宝年间乐曲昌盛的局面,这是宋词繁盛的渊源。以下,李清照简单回顾了唐末五代至北宋中叶以来歌词发展的历史,以及重要作家在其间的作为。在总结前人创作经验的基础上,分析了歌词的平仄、声韵、音律等文体性特点,得出词"别是一家"的根本性结论。此外,这篇《词论》还有两点引人注目的成绩:第一,从文体特征出发,对歌词的创作提出一系列严格要求,即:协音律、重铺叙、贵典雅、有情致、尚故实。第二,大胆率直地批评男人世界里的成名人物。李清照从不随众,她以"知音"的身份,冷静分析词坛名家的创作,一一指出他们的疵病之所在,笔锋涉及苏轼、秦观、黄庭坚、王安石等16位词人。

1　乐府:本来是官方设置的管理音乐的机构。汉武帝时大量扩充乐府,且以其收集各地诗歌,谱以乐曲。汉乐府所搜集创制合乐歌唱的诗称之为"乐府歌辞",或称"曲辞",后世则简称"汉乐府",乐府便由机构名演变为诗歌文体名。后人则将一切可以合乐演唱的诗歌,也称之为"乐府",如宋词、元曲等。这里指合乐演唱的诗歌。声诗:指被选择用来配乐演唱的五、七言诗歌。著:著称,这里指繁荣。

2　开元天宝:唐玄宗年号。开元,从713至741年;天宝,从742至756年。

3　李八郎：即李衮。李肇《国史补》卷下："李衮善歌，初于江外而名动京师。崔昭入朝，密载而至。乃邀宾客，请第一部乐及京邑之名倡，以为盛会。绐言表弟，请登末坐。令衮弊衣以出，合坐嗤笑。顷命酒，昭曰：'欲请表弟歌。'坐中又笑。及啭喉一发，乐人皆大惊，曰：'此必李八郎也。'遂罗拜阶下。"

4　擅天下：天下之最擅长歌曲者，即全国最优秀的。

5　曲江：地名，在长安东南，旧址在今西安大雁塔南。这里是唐代都城的游览胜地，每次新及第的进士，都要在这里举行"曲江宴"。

6　榜中：指新科进士这一榜。一名士：指崔昭。

7　易服：换了衣服。隐姓名：不告诉自己姓名。

8　故：故意，特意。敝：破败。

9　惨沮：凄惨，沮丧。

10　之：到，往。宴所：举行宴会的地方。

11　愿：希望，愿意。表示恳请语气。与：陪同。坐末：最末尾的座位。

12　曹元谦：唐代著名歌唱家，生平不详。念奴：唐代著名女歌唱家。为冠：最为杰出的。

13　咨嗟(zī jiē)：叹息，叹赏。

14　哂(shěn)：讥笑。

15　罗拜：团团下拜。

16 郑卫之声：春秋时期郑国与卫国的乐歌，被儒家认为是淫靡的音乐。后世以"郑卫之声"代指不健康的靡靡之音。日炽(chì)：一天比一天兴盛。炽，形容火烧之旺盛。

17 流靡：流行的靡靡之音。变：演变。日烦：与"日炽"同义，指每天都在增多。

18 《菩萨蛮》：词调名，原来是唐教坊曲。唐末五代，《菩萨蛮》词调最为流行。《春光好》：词调名，原来是唐教坊曲。《莎鸡子》：词调名，今失传。《更漏子》：词调名。《浣溪沙》：词调名，原来是唐教坊曲。玄宗开元天宝年间作。学者认为原意应该是"浣纱溪"。《梦江南》：词调名，即"忆江南"。《渔父》：词调名，始于唐张志和。

19 干戈：本来指两种兵器，这里指战争。

20 四海：指全国。瓜分豆剖：像瓜、豆那样被切割分离。指五代以来军阀割据，国家四分五裂。

21 斯文：这里指文学创作。道：这里相当于"事业"。熄：灭火，引申为衰落。

22 李氏君臣：指李璟、李煜父子，以及冯延巳等人。尚：崇尚。文雅：格调高雅的文学创作。

23 故：因此。小楼吹彻玉笙寒：李璟词《摊破浣溪沙》中的句子。吹皱一池春水：冯延巳词《谒金门》中的句子。

24 亡国之音哀以思：语本《礼记·乐记》"亡国之音哀以

思,其民困。"哀以思,悲哀且充满了愁思。

25 逮至:及至,等到。本朝:指宋朝。

26 涵养:修养,养育。

27 柳屯田永:宋著名词人柳永,原名三变,字景庄;后改名
永,字耆卿。行七,故人称"柳七"。祖籍河东(今山西永济
市),徙居崇安(今福建崇安县)。进士及第,官终屯田员外郎,
世称"柳屯田"。有《乐章集》,存词213首。

28 旧声:旧的音乐。作:创作。新声:新的音乐。

29 《乐章集》:柳永词集名。

30 声称:声誉,名声。叶梦得《避暑录话》称:"凡有井水处,
即能歌柳词。"

31 虽:即使。谐音律:与音律协拍。

32 词语尘下:指柳永词语言俚俗,趣味低下。

33 张子野:宋著名词人张先(990—1078),字子野,乌程(今
浙江湖州)人。宋仁宗天圣八年(1030)与欧阳修同年进士。
宋子京兄弟:宋郊、宋祁兄弟,开封雍丘(今河南杞县)人。其
中宋祁的文学成就更高。沈唐:字公述,宋词人。元绛:字厚
之(1009—1084),钱塘(今浙江杭州)人。天圣八年(1030)进
士,官至参知政事。晁次膺:宋词人晁端礼(1046—1113),字
次膺,济州巨野(今属山东)人。有《闲斋琴趣外篇》。

34 破碎:指没有精妙完整的构思,只有个别名句。何足:哪

里称得上。

35　晏元献：晏殊（991—1055），字同叔，抚州临川（今江西抚州）人。有《珠玉词》。欧阳永叔：欧阳修（1007—1072），字永叔，号醉翁，晚年又号六一居士，庐陵（今江西吉安）人。宋仁宗天圣八年（1030）登进士第，官至参知政事。卒谥文忠。有词集《近体乐府》，又有《醉翁琴趣外篇》。苏子瞻：宋著名词人苏轼（1037—1101），字子瞻，一名和仲，号东坡居士，四川眉山人。宋仁宗嘉祐二年（1057）与弟苏辙中同榜进士，曾官中书舍人等。有《东坡乐府》，存词350余首。

36　学际天人：指学识渊博。天，指自然科学方面知识；人，指人文科学方面知识。

37　直：简直。酌蠡（lí）水于大海：从大海里舀取一瓢水。形容晏、欧、苏才华大如海，只是以剩余的精力填词。蠡，瓠瓢。

38　句读（dòu）不葺（qì）：句子长短不整齐。句读：指断句。句，句号。读，逗号。葺，修理，修葺。这里引申为整齐。

39　平侧（zè）：平仄。古人将汉语平、上、去、入四声分成二类：平为平声，上、去、入为仄声。唐代以来确立起来的近体诗要求平仄相对，音韵动听。

40　五音：古乐的五个音阶：宫、商、角、徵、羽。或者认为是指唇、齿、喉、舌、鼻五音。

41　五声：语意不明。或认为是指：阴平、阳平、上、去、入。

42　六律：古代音乐有十二律，分阴阳各六，阳为律，阴为吕。六律指黄钟、太簇、姑洗、蕤宾、夷则、无射。这里代指十二律。

43　清浊轻重：指清音、浊音、轻音、重音。

44　《声声慢》《雨中花》《喜迁莺》：都是词调名。

45　《玉楼春》：词调名。

46　王介甫：北宋文学家王安石（1021—1086），字介甫，抚州临川（今江西抚州）人。宋仁宗庆历二年（1042）进士。神宗年间主持变法，官至宰相。晚年退居金陵（今江苏南京）城外半山园，自号半山老人。封荆国公，世称王荆公。卒谥文，故又称王文公。《全宋词》共辑录 29 首。曾子固：北宋文学家曾巩（1019—1083），字子固，南丰（今江西抚州）人。嘉祐二年（1057）进士，官至中书舍人。

47　文章似西汉：唐自韩愈以来，古文运动勃兴，创作标榜以西汉文章为楷模。

48　绝倒：笑倒在地，指非常可笑。

49　别是一家：指词是特殊的一种文体，与诗不一样。

50　晏叔原：北宋著名词人晏几道，字叔原，号小山，抚州临川（今江西抚州）人，晏殊第七子。由恩荫入仕，晚年曾任开封府推官等。《全宋词》录其词 260 首。贺方回：北宋著名词人贺铸（1052—1125），字方回。原籍会稽山阴（今浙江绍兴），生长卫州（今河南汲县）。恩荫入仕，以承议郎提前致仕，自号庆湖遗老。今存《东山词》280 余首。秦少游:北宋著名词人秦观(1049—1100),初字太虚,后改字少游,别号邗沟居士,扬州高邮(今属江苏)人。元丰八年(1085)登进士第。官至秘书省正字,兼国史馆编修官。有《淮海集》,存词 72 首,近人又从清人王敬之翻刻本和《花草粹编》中补辑得 28 首。黄鲁直:北宋著名词人黄庭坚(1045—1105),字鲁直,自号山谷道人,晚号涪翁,洪州分宁(今江西修水)人。治平四年(1067)登进士第。官至起居舍人。卒,私谥文节先生。《全宋词》收录其词190 余首。

51　铺叙:铺陈叙述。宋人慢词写作讲究铺叙手法。

52　典重:指典雅庄重的风格。宋人填词,普遍追求高雅。

53　情致:情韵。

54　故实:典故,故事。

55　妍丽:鲜艳美丽。丰逸:丰满娴静。

56　疵病:毛病,缺点。疵,小毛病。

57　瑕:玉上的斑点,比喻小毛病。